青梅竹马

〔日〕 樋口一叶 著

杨栩茜 译

中国出版集团

现代出版社

图书在版编目（CIP）数据

青梅竹马 /（日）樋口一叶著；杨栩茜译. —北京：现代出版社，2019.7

ISBN 978-7-5143-7276-2

Ⅰ. ①青… Ⅱ. ①樋… ②杨… Ⅲ. ①中篇小说—小说集—日本—近代 ②短篇小说—小说集—日本—近代 Ⅳ. ①I313.44

中国版本图书馆CIP数据核字（2019）第126556号

青梅竹马

作　　者：［日］樋口一叶

译　　者：杨栩茜

责任编辑：曾雪梅

出版发行：现代出版社

通信地址：北京市安定门外安华里504号

邮政编码：100011

电　　话：010-64267325　64245264（传真）

网　　址：www.1980xd.com

电子邮箱：xiandai@vip.sina.com

印　　刷：三河市中晟雅豪印务有限公司

字　　数：141千字

开　　本：880mm×1230mm　1/32

印　　张：8.25

版　　次：2019年7月第1版

印　　次：2019年7月第1次印刷

书　　号：ISBN 978-7-5143-7276-2

定　　价：49.80元

目录

別れ霜

別　霜

第一回

浮沉旧事，宛如庄生晓梦；人生百年，总为人情义理所累。贪念的天平中一味追寻金子的重量，却忘记了孩子才是最珍贵的宝贝，因小失大才如梦初醒，此乃前车之鉴。手握着这双车辕，恕难理解残暴贪恋之人为何总有歪理邪说。

在内神田连雀町，有家生意兴隆顾客盈门的绸缎庄，店前悬挂着印有"新田"二字的门帘，店里生意很好，总有精品新货。新田家的当家主人——上门女婿运平正值不惑之年，他自小锦衣玉食，不知世间疾苦，是个养尊处优的大少爷。妻子早已去世，只留下一个独生女。姑娘跟父母完全不同，正如鸡窝里飞出了金凤凰①，她正值花蕾初绽的二八芳华，名唤阿高。这

---

① "鳶とびが産うんだる"，日本俗语，乌鸦窝里出凤凰，寓意凡人生贵子。

个莲花般的妙人，真可比作当代的小野小町①或衣通姬②。"难怪她深居简出啊，杨柳细腰真是弱不禁风啊！"有人在背后念叨些风言风语。

在五十稻荷③的祭典那天，能看一眼她的倩影，对于年轻人来说就是无上荣光。就连得到优等毕业证书，或是把稳坐国会议员当作人生目标的学生们，也想一睹她的芳容。初见倾心，再见则会心生烦恼，听说在骏河台杏云堂那里有很多脑病患者，其中一个就是因为这个姑娘而卧床不起的。虽然说起来有些夸张，不过她的美丽的确无可争议。

阿高姑娘兰心蕙质、温柔善良，虽不曾上学，但在母亲的言传身教之下，丝竹之艺造诣颇深，非常擅长平假名草书，书法正如吸收了龙本流水④的灵气一般，飘逸隽秀。她特意避开艰难晦涩的"四书五经"，熟读《伊势物语》⑤《源氏物语》等日文古典，且擅长针线活。一天到晚不离书桌，让人不禁联想起"香炉峰雪拨帘看"⑥的一代才女。但她行为举止丝毫不触礼法，深窗春深春色浓浓，阿高一心专注针织女红，尽着女儿家的本分，品行无可挑剔，在家孝顺老人，贞洁自重。"能够成

① 日本平安初期的女诗人，被列为平安时代初期六歌仙之一，有诗歌集《小町集》。
② 一说为允恭天皇之妃，大约在5世纪初，是日本史书上最早出现的美女与才女。
③ 宇迦之御魂神（仓稻魂神），供奉宇迦之御魂神的神社。
④ 瀑布潭，形容书法如行云流水般。
⑤ 《伊势物语》是平安时代初期的歌物语。
⑥ 出自唐朝白居易的诗，典故来自《枕草子》的作者清少纳言。

为她丈夫的人，定是世上最幸福的人，不知前生积累了多少功德！"世人纷纷艳羡不已。

邻街有个做和服生意的老字号，店主松泽仪右卫门的名号十分响亮，独生子芳之助亦温文尔雅。从祖辈开始，新田、松泽两家就交往颇深，芳之助跟阿高早已定下娃娃亲。订立婚约之时，阿高还是留着垂肩发梳着烟灰碟发髻①的女娃娃，时光荏苒，如今芳之助也已年满二十。想到再过一两年，就要公开地称呼对方为妻子丈夫，不由得喜笑颜开小鹿乱撞。有时小伙伴无心调侃，二人便羞红了脸故意装作一无所知的样子，两腮泛起红云，"我什么都不知道"，以袖遮挡娇羞的容颜。

思之欲狂，玉容寂寞，阿高趁人不注意时在习字课上写下"松泽高"的字样，仔仔细细端详后又涂抹得干干净净，冰雪聪明的她还是个未经世事的女子。

芳之助也是如此。人人都说光阴似箭岁月如梭，但为何我的岁月之箭却变得松弛，只觉度日如年，何时才能盼到同阿高小姐共赏良辰美景的时节呢？清晨时分，看露浓花瘦，蝴蝶双双飞舞，多叫人艳羡。芳之助常常借口各种琐事拜访新田宅邸。可是，美人如花，一墙相隔，却不能同她毫无芥蒂地亲密交谈，天若有情天亦老，若岁月轮转真如白驹过隙，那他真想

---

① 少女发髻的一种样式。

手握缰绳策马向前啊。

上天生美人，却不眷顾美人，美人大多无良配。花好月圆人长久，只是一种美好的心愿罢了，才子佳人别离多，厮守之日多成空。苇分小舟，道阻且长。即便获得父母许可世间允许，还是四处求神拜佛，甚至去乞求魔神，始终无暇为她绾就青丝一根，若是不能与子偕老，那将是天崩地裂般的灾难。

第二回

　　得陇望蜀乃人之常情，有了一百又想要一千，有了一千又想要一万，诸愿无休，心便不能安宁。思前想后，更做不到心无旁骛般平心静气。一般来说，五十年的生命，不能单以黄金多寡来评定。落英缤纷，乐器清音，紫云迎送拂晓黎明，仙鹤活千岁，神龟寿万年，世人渴望荣华富贵，凡人期待长生不老。假使不能彻悟无常，也愿成为多福长寿之人，此种意念固若金汤无法撼动。

　　松泽同新田的祖先原本都是伊势国人，当年神风大乱① 时流落到江户，他们在此地立下大志，誓要通过和服店面来光宗耀祖。起初穷困潦倒，从一个六间宽的漆黑仓库，摇身成为当

---

① 　指元朝军队 1274 年和 1281 年两次对日本的东征。

地有名的富豪。家中兄弟两人，家兄自然要继承家业，弟弟为了延续母亲姓氏，决计改姓新田，而后另立门户。"子子孙孙同心协力，不得生出嫌隙。"两家一直严格遵守祖先遗愿，代代友好交往。但如今的当家人新田同祖上并无血缘关系，他是当下新田这一代独生女儿的入赘女婿。他同妻子爱恋不深，是个重利轻义的小人。松泽店号一直就生意兴隆顾客盈门，两家子女既定下婚约，此后便是一家人，互称亲家。"要是货物不足的话，可以从这里调配。"松泽对新田可谓尽心尽力，并间接为其带来不少利润。然世事如塞翁失马，明明新田家今日的荣耀全拜松泽家的庇佑，新田却不念旧恩，真是饮水忘了挖井人。如今两家地位平起平坐，松泽逐渐成为新田的眼中钉。

新田整日冥思苦想：在距离不到十条街的地方做同种生意，并且人家还是总店，自然信誉更高一筹，我方名号总是不够响亮；他有七分得利，我只得三分好处。若要本家长久繁荣，上策便是除掉松泽。而且女儿容貌天下无双，这又是一个生财之道。假使跟芳之助解除婚约，这条大街上还愁没有主动奉上地皮当作聘礼的女婿？真可谓一举两得。

运平心里虽如此盘算，但他严格对女儿保守秘密，只跟掌柜堪藏坦白计划。堪藏听后拍手叫好，主仆二人遂日夜商议，谋求良策。恰好此时，松泽向新田家借的一笔钱还款期限已到。原本松泽根据去年的经营状况，从新田那里一次借入两千元现款，利息为一年二分。但由于经济不景气，百年老店的松泽号手中并无多少现款，并且还要支付纺织厂家很多预付款。由于两家是亲属关系，迄今为止新田为其垫付的资金也不少，松泽方应该想不到要公开正式地请求新田宽限还款的时日。松泽被他人看破底细、看透内情，如机器般玩弄于股掌之中。

"松泽已经走下坡路了！"新田一边肆意散播这种言论，一边继续于背后运作，故意推迟自己这方的付款期，然后又联合几个心腹的纺织厂，催促松泽支付欠款。世人似乎很容易轻信流言蜚语，新田这方各个击破，还没等松泽那方提出延期，便突然逼迫松泽还钱，一时间便闹到公开诉讼的地步。

松泽几代家业，始终诚信经营，拥有很强的影响力，区区一两千元钱本可以随意调配，但众人却早已有了耳闻。"不可能有的事情，听说还要去参加万国博览会？简直是三十晚上出月亮！"世人热议松泽家的生意。新田依旧暗中运作损招，他丝毫不给通融的余地，不管松泽如何请求说和、如何四方奔走，他也不同意调配资金。于是，新田赢得了完全胜利，顺利奏响激越凯歌。

与此相反，松泽家却仓皇失措，此事宛若晴天霹雳，对于别人精心策划的计谋，他们根本无力招架。终至诉讼失败，可怜几代家业最后只留下祖上的一张暖帘，一家三口就像落草的野人。屋漏偏逢连夜雨，店里有个去年辞工回乡的大伙计，名叫新七，他曾用算盘和笔在账上做文章，背着主家贪污捣鬼。主家发生大事的今日，他也想前来落井下石。果真如富士见西行般①，一步一回头，一家人心酸地提着寒酸的随身行李，来到妻恋坂下②一个叫同朋町的地方。这个地名听上去风光体面，其实一家三口只得借住在刚能遮蔽风雨的地方。山穷水尽人世间，行路艰难今方知，现在回忆当初简直恍如隔世，世态易变宛如飞鸟川③，明日不知身在何方。芳之助生在富裕之家，娇生惯养，十指不沾阳春水，无须一技傍身，双手只习惯拿算盘看管账目，而今真是英雄无用武之地，只能坐吃山空，那彰显身份的圆顶礼帽和短袜一个接一个地卖掉。最后家徒四壁，除夕那天算总账的盛况一去不返。

---

① 富士见西行，是日本画的主要题材之一，指西行法师回望富士山的姿态。
② 日本地名。
③ 飞鸟川，位于日本奈良县境内，因上游流急且深浅变化大，故被用作人心、世态易变的比喻。

第三回

"本想成为独当一面的男子汉，却落魄为不中用的车夫，落魄潦倒不成样子，想起从前的豪言壮语，真是羞愧难当。谁甘愿当牛做马，在灰尘中汗流浃背地劳碌奔波，想来想去，最后只能不顾颜面不管声誉，索性将无用之身用圆斗笠遮掩起来。"芳之助压低声音规劝自己。无情路过的行人还好。若是被人大喝一声"烦死了"，那他也只能没有骨气地后退几步。

寒霜凝重的夜晚，灯笼渐渐熄灭的时分，他仍在街上等候客人。他心里挂念着双亲，二老已经年迈，哪里习惯这等贫苦的生活啊！想起过去种种，心里难受至极，不禁泪流满面。"那个人该是和我同样烦忧吧，我这样郁郁难解，她定会更加担忧揪心吧？可恨的新田，可恶的运平，就算是食骨啜血也难解心头之恨！"芳之助握紧冻僵的拳头，目光涣散地怒视着远方。"不过慎重考虑考虑 我也只能在此唠叨抱怨吧，我不应该恨别人，我要有男子气度，不要这样小气。"他叹息一声，呼出一团白气，破旧的屏风难挡刺骨的寒风。横下心回去吧，心里又不甘，明明风吹雨打一整天，却没有赚到多少钱。唉，难登自己的家门。

"回来啦！"妈妈起身。

"爹爹已经就寝了吗？想必他很不好受吧，今天没什么事吧？"芳之助心怀愧疚地问道。

"方才中介过来了。"妈妈说到一半，眼睛眨眨，似有泪珠儿。

那中介是个有名的无情恶鬼罗刹。

"背后说坏话那么穷裤可就不走了，你们这些房客只顾自己不顾别人，快点爽快地把房租付清，难不成想不出力白捞好处吗？"这个白岗鬼平①吊着眼角，斜视着芳之助一家。

芳之助母子琢磨着他的心思，这人看起来一副温和面孔，但明知道我们如今的不幸遭遇，却装出一副完全不明白的表情，自顾自地吐着烟圈。

"我们错了。"为娘的把额头埋在榻榻米上恳求，那祈求声在中介吐出的烟圈中慢慢消失。

"我没时间听你辩解，能付房租了吗，或者我把房子收回？两条路可选，哪一条啊？"他砰砰地敲着烟管，一脸

---

① 日本传说中的大盗贼。

得意。

"请再宽限一天吧，是我们不好。"母亲捉住他的袖子，可是无论怎么说对方都听不进去。

"我们已经受过太多的磨难，若是因为这个导致孩子父亲的病加重就糟了。"母亲垂下头继续恳求。

中介见母亲不停地重复这几句话，骂道："谁管你这个，立刻从这个屋子里滚出去，一刻也不要耽搁，总是跟我开空头支票，你们可真有主意啊！"中介不停地唠叨，越说越多，直到芳之助回家前。

"嗯，现在可如何是好啊……能否容我想想？"他小声嘀咕着，泪水涟涟。

"怎么办呢，有主意吗？"

"今夜太晚了，明天我早些过去找您，咱们再商量商量吧，可能是有点误会，不至于闹到这种地步。"

如今连双亲也要欺骗，那么以后的事情想想就不寒而栗。芳之助静眼到天明，拂晓时分听到几声乌鸦鸣叫，似在教诲他乌鸦尚知反哺之心，堂堂五尺之躯岂能背弃父母的养育之恩？

"我一定要东山再起！可是现在自己朝不保夕，饱尝人世艰辛，偶尔确实会产生厌世的念头。"

一看到双亲憔悴不堪的睡颜，芳之助便改变了主意。他的眼泪唰唰地滴到熬药的小锅里，想死的念头也倏的一下化为乌有。"他们要是没有我可如可是好啊，我真是不像话！"

家里生计堪忧，无法给父亲寻得良医，眼睁睁看着他病情加重，芳之助不停地自责。

此刻，天地神佛与我皆是仇人，难道神明看不见当下的情景吗？这是什么世道啊！那个新田运平才是坏透的恶人。我竟然还想着他的女儿，想这想那地迷了心智。她不过是姿容与谈吐优雅罢了。瓜蔓上长不出茄子，老鼠的孩子会打洞，她肯定是和亲生父亲一条心，如今也对我厌恶透顶了吧。不然怎么从未让人捎来过一封书信？她就是典型的外表像菩萨，内心似夜叉！

第四回

"别人暂且不说，你还不明白我阿高的心吗？人世虚空，竟如此悲凉，若是和你割掉此生缘分我怎能苟活？我知道你恨着我，我也痛恨父亲的阴谋诡计。虽然我从未回应什么，但我的悲伤一点儿也不比你少。多少个无人知晓的深夜，卧具衣襟上沾满了泪水，真想让你看看我的衣袖，让你明白我的清白。说什么我同父亲是一丘之貉，这种话太过分了吧！请看，此身被缚犹如笼中之鸟，去洗澡也好去学艺也罢，我从不被允许独自前往，实在没有机会跟你见上一面啊！想要寄信给你又不知道你住在哪里，万般无奈唯有泪千行。我明白，别人会骂我薄情冷淡不谙世故，但阿高我真的为难啊！我知道自己有错，感动也好激动也好，我还是多找几个人商量商量为好。"阿高极力忍住汹涌的泪水，猛地以袖拂面。

"阿高小姐你光自己说得痛快，不管你是真心也好其他什么也罢，我芳之助都看不到，我只知道令尊大人的意思。你讨厌没有志气的我，为了斩绝来往可谓机关算尽，将我们设计落入早已策划好的圈套之中，还说什么要笑着商谈。你别再哭了，把妆哭花了不好看。把马车换成牛车，你一个富家小姐嫁给我这样的人，对我来说是幸运，对你来说则太不幸。我实在不敢承担，你走吧，让人看见怪失礼的。人世可悲，回头望去此生竟全是憎恶之事。我的心会一直生活在仇恨之中。"

"你当然不能理解我的心思，自从懂事以来诸多辛苦，各种学艺修养，这个那个都很称心如意。我会永远爱慕着你，我的心里只有你，我从未有过片刻安宁，姐妹们叫我出去闲逛或是看戏，我都一概拒绝，日久天长也被人嘲笑说是怪人，这都是为了谁呀？两小无猜的往日一去不返，亲密的关系生出了嫌隙，想来想去也没有头绪，你想过我的心吗？"

"假若事情真如你所言，我也不能对仇人露出笑脸。若有人能饮恨吞声，做到不计前嫌，那我也无话可说。"

"你说我机关算尽，这些话是不是太过分了？我深知那句话——父债子还，但你不能原谅我的姓氏吗？不管你多么憎恨父亲，我的心永远不会变，我就是你的妻子，为何这么咄咄逼人，将我当作陌路之人？我想让你明白我的心啊。"

阿高泪如泉涌，衣袖上沾满了泪水。

芳之助甩开外褂的下摆。"那么，打搅你了，我不是你的消遣，没时间陪你闲谈解闷，你是千金小姐悠游自在，可这黄昏的一点儿时间对我可太宝贵了，你另请高明吧。"

芳之助转过头，阿高又过去抓住他。

"芳之助，这是你的真心话吗？"

她抬头看着对方的脸，芳之助则睥睨不顾。

"撒谎骗人是你的看家本事吧，在这个讲求义理人情的世道，竟然养虎为患被反咬一口，我家名誉受损、家财散尽都是因为谁呢？有其父必有其女，这个道理你不知道吗？算了，管你知不知道，都随便你。不娶仇人为妻子，也不嫁给仇人，没什么可说的，没什么可听的，悔恨和痛苦就摆在眼前，如今我沦落为人力车夫，整日给人当牛做马。沉默是金，你现在正是青春年华，我怎能眼睁睁看着你裹着粗席蒲包过日子。"

芳之助语重心长，咬得牙根作响，吊上去的眉毛看起来非常恐怖，且披头散发，白嫩的脸庞涨得通红，完全不似往常。他使劲去挣脱阿高的手。

"就现在一会儿。"阿高又是道歉又是牢骚。

芳之助碰到阿高还在纠缠的手指尖，感到一阵烦乱，遂猛地踢了过去。阿高被踢倒，哇的一声哭了出来，声音传到她自己的耳朵里。

阿高起身之后还是坐在往常的房间里，桌上摆着《湖月抄》①手卷，人生天地，短暂无常，感怀一番后又小睡片刻，夕阳余晖散入梦中，疏风微卷竹帘，声音凄凉。

---

① 北村季吟所著的《源氏物语》注释书，也称《源氏物语湖月抄》。

第五回

"稀客稀客，阿高姑娘今天怎么有空过来啊！什么风把你吹来了，前天学习的时候没看见你，师傅和同学们都挂念不已，整日都在谈论你呢！"

兴高采烈出来迎接阿高的人，是一起学艺的小伙伴，叫锦野花。她是医学士的妹妹，为人博爱仁慈，名声颇佳。她效仿哥哥学着温良恭俭让，在那个学校的学生中，真乃万绿丛中一点红。花子从发根处高高束起一个发髻，习惯穿一件披风，看起来二十多岁的模样，还打着肩缝，风采可人。

"阿高小姐你看，家里没有老人就是乱七八糟。说是有哥哥，但人家只忙男人的事，家里的事情全丢给我一人。我忙前忙后还是乱糟糟的。"花子笑着邀阿高坐到棉垫上去，"别客气哟。"声音沉稳老成。

阿高小姐心里犹犹豫豫的。

"一直都找不到一个可以谈心的人，虽然大家关系还不错，但也只是锦上添花罢了。对于春花秋叶来说，所谓的友情不过是人造簪子吧。"

花子应酬交际的姿态温文尔雅，早就听闻这个人智慧渊博，走近一看原来如此稚气未脱，模样青涩办事却如此周章，旁人瞧着难免有些滑稽。

"这样说可能有点失礼，不知怎的越想越羡慕那些有兄弟的人。"说完上句，下句差点脱口而出。"你哥哥人真好，羡慕你有个温柔体贴的哥哥。"

花子悠悠地微笑道："若都是这么和乐我可就太幸福了，也有吵架的时候啊。有时我无理取闹发些牢骚，哥哥也会生我的气，顿时消失得无影无踪。最近诊所不忙，好久没看演戏和表演了，过几天一起去看吧。哥哥还跟我打听你呢。"花子故意开怀大笑，似乎有什么含义。

"锦野博士乐善好施，此乃福德之事，想必在行医过程中也遇到很多可怜人吧。"

听说花子讨厌吸烟。阿高拿出身边的烟管，匆忙吸上一大口，又深深咽下去。

"最近事情很多，七是两天前刚发生的。在背巷里有个穷人家的产妇难产，哥哥过云做了手术，万幸母子平安。听说孩子没有衣服穿，哥哥可看不下去这种事情，命人连夜赶工做出两件小衣服给人家送过去了。"花子一脸骄傲地讲述着哥哥的伟绩。

"我听说，积善之家必有余庆。"

阿高听花子叙述一番，感到怪怪的，交谈过后依旧心存疑虑。

花子小姐又继续谈论有关患者的种种，说到昨天去同朋町出诊。阿高乍一听心里感到某种异样，心想着不至于那样吧，可万一真是如此呢？本想详细询问一下自己的推断真实与否，无奈心里有愧，导致说话也暧昧不清。

"阿高小姐您请放松，哥哥马上要回家了，他早就说过想见您一面。这里有哥哥珍藏的书画，要是请您鉴赏一番，哥哥一定会夸我，绝不会责备我，您稍稍等等吧。"

花子口齿伶俐地寒暄一通，待人滴水不漏。阿高没有回家，花子讲这讲那，越发认真起来。

"虽然我这样说有些可笑，你是独生女，我也只有一个哥哥，没有姐妹为伴，其实我们都委屈寂寞。平日里有什么事情，也没个人可以商量。我不知道您是否觉得不圆满，但我想认你当妹妹，说心底话这是我的心愿。"还没等阿高回应，她接着又说，"你要是答应我，我还有些话想问问你，你能听我说说吗？"她急切地追根究底。

"想问阿高小姐您的真心话，不想听冠冕堂皇的理由，我可以当你的亲姐姐吗？"花子爽快发问。

"您快别开玩笑了，我觉得您才更像妹妹呢！"阿高遮遮掩掩的。

"那么你还不知道吧，爹爹和哥哥商量好了，你要是同意的话，明天我就是你的亲姐姐啦！怎么，看你这样子是不愿意吗……管你乐意不乐意——"

她的语气忽然间变得阴森森的，令人生畏，方才那么温柔的声音是真的还是假的？

要说过分也太过分了，但阿高还是努力让自己纷乱的心绪平静下来。

"花子小姐您的话我还没有考虑清楚，等日后再答复您，今日就先告辞了。"阿高起身致歉。

对方没有特意挽留。

"既然这样您先回吧，我等您的好消息。"花子将她送到玄关。

道别后，阿高快步离开，这时，在路边听到马车的吆喝声，回头一看，那车夫手里提着药瓶，样子怪可怜的。这时，那车夫也回头一望。

"啊，芳之劲！"

话还没到嘴边，洋车便吱吱扭扭地消失在远方，地上徒留下两行车辙。

第六回

透过镶有玻璃的拉窗，可以望见幽雅的中庭，小院里青松风姿俊美。客人们盖着四幅宽的绸缎棉被，在火炉间暖暖和和。美人斟酒发出喷喷之声，其景仿若幻梦，门前一排酒桶，客人们随意畅饮。

"瞧，哪来的小伙子啊，站在雪里也是一景，很有雅趣。"有客人在赏雪。

雪越积越厚，大概有五六尺深，连防雨板都无法打开了。雪一直下，天昏了下来，又是一个长夜之宴，客人兴致正浓，人们的舌头都不听使唤，开始胡说八道。

芳之助眼里除了六角雪花再没别的景致，彻骨寒冷，大雪纷纷，不知道要下多久。两三天前刚刚略感寒意，今天早起，天空便转为淡墨色，头疼的毛病就像天气预报一样准时。

强劲的西北风一直刮，日将暮，大雪飘飘洒洒宛若鹅毛，又似柳絮，日落时分，佛寺的钟声低低掠过耳畔，鸦群急急归巢。今夜这处旅馆冷冷清清，仿佛初见无常空虚的人世幻梦。酒馆的二层房间里，歌女用指甲轻轻弹着三降调①，幽幽笑声透过小小竹帘，行人不禁驻足倾听。路边一只小狗，焦躁地摇晃着尾巴，有人呵斥一声"畜生"，小狗吓得急忙躲开。"畜生"这个词真是糟践人的话。伞上的白雪越发沉重，行人慢慢稀少，街角一侧暗淡怅然，提灯的光影掠过一阵寒风，瞬间心慌慌。这辆破车一看就是便宜货，破烂外罩剥落斑驳，夜晚还算过得去，白天可真是羞于见人。旧毛巾想必是乘客丢下的东西，这种物件大部分客人都不会折返去取。想我芳之助如今连廉价的大米也吃不上，只能在九尺二间的陋室中勉强过活。

"看，这人文文弱弱的，不像干力气活的，看起来可不像个普通的车夫。"芳之助不愿接受这样的夸奖。

"他气度不凡，不像是靠干力气活儿长大的，很想问问他的经历。"要是客人没有主动盘问，他从来不会主动张嘴。

"啊——"芳之助发出一声叹息，牙齿冻得打战。他抬起头，真是一个美男子，肤色黝黑，眉清目秀，嘴角柔和圆润，

---

① 三降调。三味线的调弦法之一，即第三弦比基本调只降低一个全音。

年龄在二十一二岁。再看他的穿着，那身补丁满满的窄袖和服看样子是由丝织平纹绸改成的，腰带上缠绕着金锁，一副华美耀眼的姿态，连时下流行的当红明星都难比拟这份风姿，怎么看都是富家少爷的身份。但令人费解的是，为何如此气宇不凡的男子却沦为车夫，是因为没有才艺傍身，还是没有伯乐慧眼识珠呢？

芳之助对于客人的情感全然不知。玫瑰虽美但是有刺，柔和的脸庞背后会有想象不到的事情，一想到这些经历他就会毛骨悚然。大雪里的梅花期待春天，为谋生他逐渐学会不拘小节大勇不斗。在街上等候客人的闲暇，他习惯翻阅日文典籍，带着问题观摩世界，那么面对这世间万象，就会有自己的态度和观点。

夜深了，大雪覆盖住万物，行人脚印越来越少。商店渐渐落下门闩，按摩声音此起彼伏，同近处的犬吠交织在一起，听起来分外凄凉。一阵冷风袭来，路旁垂柳迎风飘动，细小的雪花沙沙作响。沉思中的年轻人感到脖子处一股凉意袭来，遂缩缩衣领，抖落衣襟上的雪花。灯泡的微光映照着他的一侧脸颊，显得十分苍白。"路上没有一个行人，更没有一个乘客，我到底在等什么呢，别人看见肯定会觉得我很傻吧。"虽这样想着，他还是没有回家，环顾四周始终没有放弃等客的心。冻僵的手指伸到灯笼下面，想要暖和一下。"唉——"有气无力地轻舒一口气，东张西望了一番后又发出长长的叹息。

停在此处，已经是第三次听到钟声了，这回下定决心回家吧。他猛地站起身，接着又将双手插入怀里，犹豫再三。

"好为难啊。"叹息声不觉从唇间溜出，芳之助独自僵立在街头，不停发出咂嘴的声音。雪下得越发大了，看样子是不会停的，肯定是没有行人了。正当扫兴之时突然听到欢快的脚步声。

"感激涕零！"芳之助回头一看，街角的路灯照耀着雪光，原来是巡警正警惕地盯视着过路的行人，然后从他身边走过。不久又响起了人声，这次才是可悲可叹呢，三轩附近就是住家，他精疲力竭茫然伫立。

恰好这时后面有人搭话："可以走吗？"有人影映入眼帘。

"上天派来乘客了，这次可不能错过。"他鼓起勇气走过去。

俗话说，过犹不及，这次居然是两个人。

"真是不凑巧，我的车只能拉一个人。"

第七回

"再等等也行。"不少侍从都在等待主人散会，阿高心里焦急又慌张，聚会结束之后一直数着前来的车辆。

"明明很早就吩咐过了，怎么还没来？莫非走错路了？不至于忘了来吧？照理说，我家不会不派人来接我的，难不成那个小厮像以前一样发酒疯，在哪个店里喝得酩酊大醉，睡得昏天暗地吧？真要是这样就糟了，家里人一定很挂念，这边也过意不去，如何是好啊。"雪比想象中还要深，新田家的阿高越发不安，二楼只剩下一个人，那就是她了。

这是音律老师举办的音乐会，当然不能拒绝，人情义理，实在不好推托，阿高从下午开始，便在此地等候着。"五彩织锦的背面？"①被人一问都要哭了，淡淡妆容隐藏着深深的愁苦。

---

① 原文："飾る錦の裏はと。"此处是伙伴们调侃阿高，意为阿高是锦野的妻子。

听到朋友天真无邪地说说笑笑，心里更觉苦闷异常。友人握着她纤细的手腕子，说："真羡慕啊，阿高小姐的手腕好纤细啊，吃过寿司了吗？想要听听你的琴技呢。"朋友认真地询问，并未发现有什么不妥，阿高多羡慕朋友们的好心情啊。

人们都陆陆续续回家了，阿高不过等待了一个时辰左右，却感觉等了很久很久。还是没听到洋车的声音，要是没有人来接自己的话，真是让人不知所措。

"喝点儿茶吧，吃些点心，现在天还不算太晚，应该过会儿就会有人来接你，放松点吧。'别人越是殷勤，阿高越是觉得委屈。

"看来再等下去也没用，恕我大胆问一句，能否为我叫一辆车子。"阿高一再恳求侍女。

"叫车倒也不费事，可接您的车夫也许无意中走错路了，又没有说不来接您，您再消等一下吧。"侍女勉勉强强地敷衍，"现在叫车也不好走吧，毕竟雪夜里的道路很难走。"

阿高不便再开口要求。

第二次上的茶已经变淡，还是没有听到车子的声音，到底还来不来呀，等来等去也没个盼头，真要是走错路也就罢了。

"我还是想要叫一辆车子。"她一再恳求，师傅也感到很过意不去。

"若你执意回家，就不拦你了。"主人转头对仆人说，"夜深不太方便，快去叫辆车子过来。"

主人的命令只得服从，仆人满脸怨气地答应着，慌张地滑下楼梯，刚离开出水口，大黑伞上还没来得及落下雪花的空儿，就跑了回来。

"运送客货的马车早就没有了，全部不在了，一个拉车的都没有。真是抱歉。"

"那么，这可如何是好，贵府应该不会挂念，明天早晨再回吧。"师母亲切地挽留她。

"不必了。正是因为有雪，夜才不会太黑，还是准备回去吧。"

"如果非要走，找个人送你吧，步行回去有点困难啊，但这附近不太好找到车，一直到大街那里都挺难走，家里连个火盆也没有，夜风寒冷容易伤风，真的失礼了，家里什么都没预备。"

阿高立刻戴上头巾，又有人叮嘱她围上披肩，大家一起动手准备行装。

"劳驾您了。"阿高话还没有说完。

"趁着夜还不深，赶紧走吧，我也不拦你了，没想到雪下得这么大，你真是受累了。"师母一边道歉一边把阿高送到门口。门前小奶狗的叫声听起来有些可怕，还好送行的老女佣体魄健壮。她壮着胆子顺着屋檐走着，刚过三条街，老女佣便说：

"您看，那个灯笼肯定是洋车，您忍耐一下。"两个人虽然手挽手，却都要冻僵了。

老女佣兴奋地走近，一看。"啊哟哟，好破的车！"她说完就往后退了几步，然后抓着阿高的袖子。"咱们再往前走走吧，这车也太……"音调越来越低。

那时，白雪将阿高的阳伞压得歪歪斜斜，她无意中回头看，是一个蓬头垢面的青年车夫。阿高被刺骨的夜风冻得直打战，她停住脚步。

"这么大雪，前面也不知还有没有车，就坐这个车吧。"她的脚步骤然之间像灌了铅一样沉重。

"那个，您是要乘这样的车子吗？那个，这样的车子吗？"老女佣再三确认。

阿高小姐轻轻颔首，没有再说话。

"我们在雪中随行也是非常费劲。"老妈子乞求道。

那虽然是辆车子，但和阿高小姐也太不相称了，就像将昂贵的锦缎上衣同破烂补丁的裙裤缝在一起一般格格不入。她觉得挺滑稽。

目送车夫离开。

老女佣向阿高小姐说："一路走好。"

亦叮嘱车夫先生一句："要多加小心啊。"

第八回

洋车一溜烟地飞奔而过，飘洒下来的积雪粘住车轮，车上的人也随之摇摇晃晃，路并不好走。来到万世桥①的时候，有轨公共马车的声音早已断绝，京屋大钟②十点的声音空彻高远。

"去万世桥。"阿高道。

"府上在哪儿呢？"车夫伫立原地握着车把。

车上的人只小声说了一句："到锅町那里……"

还没等客人说完，车夫就猛地拉起车子。银白亮堂的雪景与往日无异，宽敞的马路没有一个行人。漫天雪色和瓦斯灯光互相映衬，显得分外皎洁明亮。可能是刺骨寒气让人难忍，车

---

① 万世桥站是曾经位于国有铁道中央本线的车站，在东京都神田区的神田车站和御茶之水车站之间。

② 京屋大钟是明治初期银座的象征。

上的人把披肩往上拉起，只能看见头巾的颜色和披肩的新潮样式。车是一辆不折不扣的破烂，车篷根本不足以抵御风雪，车上人的一把阳伞在雪中艰难地撑开。

走过几条街之后，车夫回头询问："锅町是在背巷里面吗？"

"不是，那不是锅町，那是本银町。"

于是接着往前飞奔，又走过一条街。

"要拐弯吗？"车夫问。

"一直往前走。"车上的人回答，"别在这儿停车，走到日本桥①那里吧。"车上的人好似根本不知道要去哪里似的。"沿着河岸一直走就行。"

"然后哪个方向呢，左边还是右边？"

"不是左转，是右转。"

又经过一条马路。

"您受累了，从这里拐 然后一直往前走，不要进入小路。"

"这条路到头了，不能拐弯了，没路了。敢问贵府在哪里啊？"他没把握地询问顾客。

"哎呀，您走错路了. 方向反了，快点往回走。从大路出去走小路，穿过小路就到大马路了。"

就这么走啊走，转啊转，雪地上印了一道长长的车辙印。

---

① 日本桥，位于日本东京都中央区北部的地区及桥名。桥建于庆长八年，是江户时代五大驿道的起点，桥中央有通往全国各地的里程路标。现在的桥建于明治四十四年。

转出来后又回到了原路。昏暗的街角中车夫茫然地握住车把，问道："我谨遵您的指示，怎么又绕回原路了呢？或许您记错了？从这里拐过去，到方才的丝绸屋前面一直走，是能到大马路呢，还是会走到背巷里去呢？那条街叫什么名字呢？要是能告诉我，大概能找到那个地方。"

"不管怎样请拐弯看看吧，我的确记得是这条路啊。"车上的人少言寡语。

车夫没有掉转车把，满腹狐疑地问道："您请看，这还是原路啊，这样真的没问题？"

"这是真的走错了，可能要再过一条街，而且不知道……"模棱两可的回答。

"说是这么说，但估计再折回一条街也不对，现在往前走走看吧。"车夫说。

车灯摇曳几近消失，只得借着商家的灯火。是对这里不太熟悉呢，还是自己对拉车业务还不熟练呢？一而再再而三地在一条路上来来回回，实在是束手无策，莫非没完没了了？虽说勉强，但车夫也没有推辞，继续行路。

夜色渐渐深沉，人影稀稀落落，此刻，雪下得更加猛烈，白茫茫覆盖了一切。什锦火锅店窸窸窣窣的声音，让人倍觉哀伤，店家落下门闩的声音仓促响亮，还有走巷串街按摩人的笛声、犬吠声，都隔着一条小路远远地传过来，更加冷清孤寂。

真是怪哉，车上的人不住万世桥，不在锅町，本银町也过了，还不在日本桥前停下，大路小路来来回回好多次，她到底要去什么地方啊？听说有人留洋回国之后就忘记了结发妻子，难道说还有人连自己家也记不得吗？明明还很年轻，真是可笑至极，越想越觉得滑稽可笑 真是令人匪夷所思啊！

"这次去京桥①。"车上的人催促道。

沿着背巷，走过两三条街，在一个忘了叫什么街名的地方稍稍退进去，是一个二层小楼，楼上的灯笼昏昏地照着，也不知有没有主人，入口处罢放着两三双木屐，厨师哈欠连天，看样子是家日式菜馆。车上的人这回一眼就确认了。

"啊，就是这里，马上就到了！"

车夫立即把车停在门口，将车把放在地上，呼地喘了一大口气。

里面传来女佣们的声音："欢迎光临！"

第九回

　　年轻人一头大汗地把车拉进大门，将客人放下。眼前这个店铺还记忆犹新，想起来都有些不好意思。我还是往昔的我，人还是往昔的人，世事却变了，熟悉的楼梯就在那里。去年和前年，生意伙伴们曾经在这里召开会议，某次联欢会也在此处举办……

　　想到这些，芳之助不由得缩缩肩膀，趁着没人看见自己，赶紧躲到暗处，让车子和自己都稍做歇息。他静静地回头张望，宛如行走至绿竹丛生的原野。

　　谁还记得我啊，我芳之助原本是松泽家的大公子，曾被奉为贵宾上座，如今这身寒碜衣着连自己都不忍心看。就算是有人记得我，也不过以为是一个长相和我相似的人吧。芳之助对这些已习以为常，如今世事轮转，今时不同往日，现在同往昔早已是云泥之别。俗话说得好，世事如沧海桑田。

但，谁能料想到会有这么巨大的改变呢？阿高不愿被熟人认出，故意走些小胡同，避开大路。然而这份关心芳之助却没有领会。偶然与人擦肩而过，那投射注视的目光如电般尖锐，"啊，天哪。"这样想的似乎只有自己罢了，别人是故意装作不认识吗？抑或是真的想不起来了？总之所有人都是一副毫不知情的表情打芳之助面前走过。芳之助从上往下抚摩着胸口，感慨油然而生：明明熟识却要装作陌路，果然人情如纸薄啊，比吉野纸还要单薄的人世啊！可即便有人跟我说话我也无法面对啊，我还有什么脸面呢？有时候，人们那嘲笑蔑视的目光真是让人不甘心，是心里对我有成见吧。仆人进进出出，屈指数数人也不少，但是没有一个人能自告奋勇地上前同我交谈。富贵的时候亲戚们各种攀附，不知隔着几代的人都来认亲戚。想当初，新田运平草草成亲，对岳父家各种谄媚巴结，迄今为止不知蒙受了松泽家多少恩惠，结果却露出了狐狸尾巴，穷尽阴谋诡计，夺走了原本不属于他的东西。而今他享受的山珍海味锦衣玉食，也不想想是靠谁得来的。"托您的福，建起了这座房子。"当然运平还假情假意地说着感激的话语。

说起新盖的小楼，上面是三年前的信天翁[1]吗？它仿佛在

---

[1] 信天翁对人类毫无戒备心，走起路来又很笨拙，所以非常容易被捕杀。由此，信天翁在日语中被命名为"阿呆鸟"，汉字写作"信天翁"，意思是："它们相信食物会从天而降，所以一直在等待着。"此处是芳之助嘲指自己像信天翁一样愚蠢。

坐观我如今的败落，似乎在指责我太不争气。芳之助越发敏感脆弱。想想昔日自家对新田的计谋放松警惕，最终落到这倾家荡产的地步，尽管一切都是新田运平的诡计，但新田家的姑娘也太可恨，她的心跟漂亮的脸蛋完全不一样。记得小学的时候，芳之助同高年级学生打架，输了之后手里握起懊悔的拳头，她戴着紫色的小方绸巾，眼里顿时含满了泪水，一同含恨斜瞪着对方，那真是天真无邪的往昔。

芳之助生来虚弱，稍微得点儿小感冒也要十天半月才能好，要是几天不去新田家串门，那边也会多一个病人，担心得食不知味，也没心思学习。

"你一个人的担忧变成了两个人的烦恼啦！"侍女们常开玩笑。听到她们这样取笑，其实很是开心。现在回想起来，不知道是不是特意说给自己听的。近来拉车时见过锦野家的玄关，跟如此耀眼的美姿仪相比，自己更加相形见绌，只能默默走过去。现在如此狼狈，任谁也会果断毁掉婚约吧，何况是她呢？她一定想要堂堂正正地中断这份誓约。

"说起中断，我们穷人家的煤油也要中断了，好像只够今晚之用。没有煤油灯父母定会特别不便，真想早点回家看看情况，可今天这个客人是个慢性子，还没有付我车钱，要等到什么时候啊！心里再怎么火急火燎也不能亲自催促吧？这样有失体统。"

他悄悄窥视小楼，里面约走廊里响起脚步声，他的脸蛋顿时一阵发烫，不觉间又回到背阴处。是等还是不等呢？左右踟蹰。万一前来付车费的人是面熟的女佣就惨了，人家若是再同我讲话岂不就更丢人现眼？车费这种东西不问自知，无须这样记挂，不要也没关系，且快些回家吧。不行，正是为了这点儿车钱，才在大雪夜不顾羞耻地出来拉车，热心是换不来金钱的。

　　"嗯，是谁过来了？总觉得在哪里见过这个身影。"芳之助自言自语。

　　正在这时传来了老妈子刺耳的声音："从小池那边过来的车夫就是你吗？"

第十回

"您是不是搞错了，我跟客人并不认识，我从小池那边一直陪着是不错，不过除去赏给我车钱外，难道还有别的事？若是客人的吩咐，希望能先把车费付给我。"芳之助一动没动。

老妈子满脸堆笑地邀请芳之助，道："搞没搞错老奴不清楚，只是客人明确指示我，找今天的车夫有事要谈，请带他洗脚后领到这间房里来。客人的确这么吩咐我的，肯定没错了，总之您先请进吧。"

"洗脚水都已烧好，看来不是在跟我开玩笑，但搞得如此煞有介事也真是奇怪，究竟是何方神圣有何贵干呢？客人说是想见我，该不会是认错人了吧。现在连亲戚朋友见到我都会把脸转过去，一个素昧平生的人，而且是妇人，所为究竟何事，想要见我又是何故呢？"芳之助实在理不出头绪。

一会儿说那个地方一会儿说这个地方，让我拉着车到处转悠，方向也迷迷糊糊，光这些事情就让人心生疑惑。

"有事情想拜托，请洗干净脚之后来屋里说吧。真是让人意外，说到莫名其妙，还真是没有遇到过如此莫名其妙的话呢。我现在该怎么做呢？"芳之助站在原地迟疑不定。

老妈子已等不及了。

"想必客人已等得焦急，你去见一面，就能知道原委了不是吗？先过去吧。"说罢她牵起芳之助的手。

"既然如此，我会去的，请您把手放下来吧。我想她大概认错人了，不见一面就不能解除心中疑惑，如果是这样的话，那就请您带路吧。"芳之助回答得清楚干脆，心里仍迷迷糊糊。

他静静地把脚洗干净，而后便被带领过去。不愧是生意人家，灯火辉煌璀璨，屋内亮亮堂堂，这更将他褴褛衣衫上的针脚映衬得真真切切。今夜切骨之寒，他却已汗流浃背。

"客人在二楼。"老妈子说。

一段又一段的阶梯，就像是浮世的忧愁，起起伏伏。"那个斟酒的姑娘还没离开，正在喋喋不休地款待客人，现在莫非也在这里吗，那我岂不是要贻笑大方？往日一起玩耍的朋友现在也一定会来，假使有人认出我，再这样那样谈论种种，也不看看自己现在是什么处境？"想到这些他便后悔起来，自己到底为何要答应上楼啊？事已至此没有办法，但是越想越觉得躁动不安，脚下变得轻飘飘的。陪侍早就立在楼梯右手边的小房间那里等候。

"客人就在这里。"老妈子示意过后便急匆匆地走了。

芳之助在障子外面犹豫不决，拿不定主意。他微微俯身，静静细听，观察着房间里的动静，里边的人一直包着头巾，看不清容貌。此时她缓缓揭开严实的披风，终于现出真容，这就是曾经令自己日思夜想、寝食难安的，未来的另一半，将来的妻子，新田家的女儿阿高啊！

芳之助看到这幅情景，顿觉天旋地转，他拔腿就想往外走。

阿高迅速跑到他身边，猛地抓住他腰带的一端，芳之助拼命甩开，阿高紧紧依靠着他，芳之助越是推开她，她越是抱得紧紧的。

"阿芳少爷，我知道你心里有气，但只一小会儿，我不会耽误你太长时间，我有好多好多话想对你说。"阿高眼泪汪汪，声音哽咽。

奋力阻拦的手腕柔弱纤细，却竭尽全力。芳之助心似蜘蛛网一样，百转千回，没有办法推开。

堂堂五尺男儿，虽手无缚鸡之力，却故意粗暴地往后退去。

"您认错人了吧，您要说话的对象可不是我，我只是从小池送您过来的车夫，我完全听不懂您在讲些什么。除去赏我车费以外便没有别的事了，您别戏弄在下了。"说罢，他霍地站起来。

"太过分了，芳哥哥，我明白你的心，我也下定决心了。"

阿高以袖拭泪。

"真是，笑话，什么决心，是想解除婚约吗？说到这个，也正合我意呢。说话不必拐弯抹角，别费心地说什么一会儿两会儿，不要跟我提以后会怎样怎样，说说眼前吧，我们早就该一刀两断了。"芳之助嘴上冷嘲热讽，奈何心里涌起万般愁绪。

阿高脸上带着恨意。

"你真是无情，我真想掏出自己的心来给你看看，我是不是像你认为的那般不堪！"

第十一回

"下次还在十字街口处见面，你一定要在那里等我。"两人约好了下次见面之事。

那晚之事应该没人知道，虽说已彼此相约，心却无论如何不能安定下来。经由风雪之夜的相遇，阿高终于获悉松泽家如今的境遇，万万没想到竟落魄到如此地步，而造成这种处境的始作俑者不是别人，正是自己的亲生爹爹。"不如我去劝劝父亲，不，且不说父亲，还有一个难缠的堪藏呢，还是不要说了，万一再招惹别人的怀疑。若因为这件事而再不能与他幽会，那才是得不偿失。"无奈的阿高只能将困惑藏于心中，眼神依旧平静如水。

"阿高小姐本来不爱出门，可是最近常常外出啊，昨日去到小池的师傅那里，今日又去往骏河台的锦野家里。"堪藏向运平提醒道。

女儿的行径近来的确惹人怀疑，不过正应了那句俗话——"爱子如盲"，运平因疼爱孩子而失去理智，虽说他是诡计多端之人，但在他眼里，女儿却总是天真可爱的模样，朝夕间变化的似乎只是长高的身段罢了。

"无须担心，二人亲密无间的时光都已是过去，如今想到芳之助，阿高只会厌恶吧。何况女儿她孝心深切，定不会违背父母命令，不必过于归心。"因此运平并没有采纳堪藏的意见。

他一腔热情都扑在锦野身上，他热切地盼望这个德高望重的医生能够早日成为自己的乘龙快婿。

"听闻他在家乡拥有不少土地，为了女儿也好为了自己也好，与其结下前途不好的姻亲，莫不如……"

偶尔听到父亲的这些言论，阿高便不由得怒火中烧。芳之助身份确已今非昔比，但自己毕竟已有婚约在身，爹爹却堂而皇之地谈论什么出嫁啊、婚礼啊这些事情，多么令人作呕，招人厌恶啊！还有那个锦野，表面上装出一副医者仁心的样子，背地里不知道会使出什么手段；他那个看似温柔的妹妹也靠不住，虽说与她经常碰面，但那个姑娘心似毒蛇，怎能让人信任？无论自己说什么都无济于事，想到若要这样度过一生，阿高不禁悲从中来。

若是对芳之助倾诉一番，一定会令他徒增几分担忧，但我只有他可以依靠啊，男人总会有点儿好主意吧。阿高一想起这些就感到迫不及待，但越是急躁就越是要沉着冷静。

"听说有个朋友生病了，又是特别要好的关系，我觉得过去探望一下比较好，希望父亲允许。"女儿平时个性乖巧，运平丝毫没有怀疑，点头应允道："那么你就快去快回吧，不要在病人那里耽搁太久，带上阿锅一起过去吧。"

"不用，不必大费周折，从后街过去很快就到他家，光是家里这点儿事阿锅就已忙得团团转了。我去去就回，带上下人也太夸张了，也不必准备东西，就这样快点儿过去就可以。"

阿高稍稍整装，正要走出庭院门口。

"小姐，今天也出门吗？这是要去哪里啊？"堪藏目光锐利，十分可怕。

阿高并不畏惧，故意露出娇憨的笑容，俏皮地说：

"今天堪藏好严肃啊，也不是今天啦。"阿高前言不搭后语，笑盈盈地装作没事的样子离开家门。

她在约好的十字路口走来走去，等了又等，但今天不知怎么回事，一直看不见人影，想去问问别人，又无从开口。

"你一定不要擅自去我家里，要是家里知道了咱们的事情就难办了。"

芳之助并未告诉阿高自己现在的住处。但阿高记起以前从锦野妹妹那里无意中听到过那条街道，虽说不太确定但也记得大致的位置，好吧，要是他生我的气，那也是没办法的事。与其胡乱猜想，还不如亲眼见见，这样心里也就有了答案。于是阿高来到了妻恋坂下，此处都是破破烂烂的房子，真是一点头绪都没有，她找来找去终于问到一个知道他家住处的人。

"您知道松泽家吗？"

"是个年轻车夫，家里有两个年迈的病人，从这后面的尽头开始，经过三户人家，你看到有处水沟板子翘在外面的地方，那就是他家。"那人告诉阿高。

天色已晚，昏暗的薄暮令人的心也变得朦朦胧胧，屋里有人在说着什么。阿高悄悄从门缝看到家里悲惨的情景，她拉一拉头巾，深深裹住身体，红色的泪珠儿浸湿了手绢。

第十二回

　　一般来说，人老之后就会变得乖僻，更何况被贫苦折磨、饥寒交迫的老人呢。可恨世道残忍冷酷，芳之助的老父亲早晨叹息傍晚生气，几乎没有心情明朗的时候，一直病恹恹的，看不到好起来的迹象，好比一棵枯木，等不到温暖的春天。

　　"眼看芳之助又要晚归了，有时要是碰上投脾气的客人，哪怕远点儿也会去送。话是这么说，他也该回来了。平常日落之前也该看见人影了，今天是去做什么了呢？"双亲翘首以盼。

　　阿高同二老想的一样。她在路口东张西望，又不时偷偷向家里瞧瞧，他还是没有回来。心里面的话堆成了小山一样高，还以为这次肯定能见到他。家里有病人，生活都靠芳之助一个人维持，所有事情都要可怜的他来承担，阿芳一定非常辛苦吧。虽然现在家道中落，但也该找个看护来照顾双亲啊。阿高没想到所见所闻竟是如此穷困潦倒的景象，而自己却只能袖手旁观，她默默吞下汹涌翻滚的热泪。

正要望向里面的时候，有人打开双折门露出脸庞。没错，阿高还记得她，那是芳之助的母亲。芳之助的母亲显然被眼前的人吓了一跳，愣在那里，沉默不语地注视着，而后眼神生疏地谨慎询问：

"哪位呀？"

"您难道忘记我了？"阿高连忙取下头巾，她一边摘头巾一边啼哭。

禽兽犹有爱子之心，虽不是自己的孩儿，但也是血脉相连。"是阿高吗？哎呀，阿高小姐怎么会来这里呢？你是怎么找到的呀？"为母心软，她呜咽着掉下眼泪。

听到有人哭泣，老父亲向前蹭了几步，一双凹陷的眼睛斜视着阿高。

"瞧，您这是说什么呀？傍晚风凉，小心不要感冒了，那我跟阿芳可就交代不过去了。"阿高语气特意夸张了些。

阿高战战兢兢："我听人说您生病了，也知道您心里有气，但我实在想知道您的情况，这么念想着就过来了，我一直都在规劝家父呢。"阿高潸然泪下。

还没等到母亲开口，老父亲便冷冷一笑，道：

"真是口齿伶俐啊，说得一套一套的，不用问，虎父无犬女，有亲爹耳濡目染，这也不足为奇。我不会再上你们的当了，与其在这里说什么别再感冒了之类的废话，还不如早点滚出去，这家里没有一个人想听你说话，别挖空心思讨好老太婆了。"

芳之助父亲直言不讳地说出心里话，连头也没回。

"我知道您的愤怒，可是这些事情我全都不知道，虽然您恨我讨厌我，但我对芳之助的情意永不会变，希望您能听我解释……"

还没等阿高说完，松泽就来了一句："你到底想干什么？"

"我之前并不知晓父亲犯下的罪过，我仍愿同芳之助结为夫妻。"

听到此番言论，二老震惊得目瞪口呆。

"你想想吧，且不说芳之助不会将人面兽心的运平之女娶进家门，我们更是绝不允许。这事门儿都没有，只要一想到运平这个恶心的名字，我心里就翻江倒海，更别说要娶他女儿做儿媳妇，想都不要想！你怎么还不回去？我不想跟你说话，快走吧。你怎么这么举棋不定的？老婆子，把门关好！"

老父亲言语粗暴，面色十分难看。

母亲看不过去，打圆场说："你也太急躁了，不能听那孩子解释一下吗？"

父亲狠狠地瞪了一眼，道："他女儿跟他爹还不是一样，你说什么梦话？事到如今我什么都不想听，你不赶她走，那么我去。"

芳之助的父亲一把挂开妻子。老人虽说身虚体弱，但那股固执劲儿却也蛮厉害。

阿高放声痛哭，猛然伸出纤细的手腕，使出全身力气挤到门口。

"请您发发慈悲，请听我一句。"

"你道歉也好哭也好，都没用，我们用不着你来关照！"老人粗暴的语言中满是愤怒，"别说什么妻子什么公公的话了，这个家里不欢迎外人。不管你再说什么我都不会见你！"

啪的一声，双折门紧闭。

阿高号啕大哭，哭声穿透黑夜的天空，徒留两三声乌鸦的悲鸣。

第十三回

"既已下定决心，又何必流下不争气的泪水？"

阿高不停地安慰自己。她拂去眼角的泪水，生命也如同泪珠儿般，倏忽间便要消逝了。

此地乃是松泽和新田家的祖墓，白日时分便幽幽暗暗，日暮来临更是阴森恐怖。夜风拂过茂密的树木，悲惨兮兮，猫头鹰的声音听起来越发让人毛骨悚然。

阿高目光坚定，毫不畏惧。

"你害怕吗？"芳之助问道。

"虽说还有些留恋，但阿高的心永远坚贞。我明白，我们只有一条路可以走，哪怕牺牲两个人的生命，也要表明彼此的心志。我绝无苟活之念。正如令尊大人所说：'且不说芳之助不会将人面兽心的运平之女娶进家门，我们更是绝不允许。'我知道他老人家早已怒火中烧，此事不会有任何缓和的余地。如果跟你绝交，那么我活在这世上还有什么乐趣可言？更可悲的是，半路又杀出一个锦野。我们只此一生，今日共赴黄泉，那么来生有缘自会相逢。我明白你对我始终不渝，我绝不会违背当初的誓言，得知我们二人情意相通，这是我最大的安慰。"阿高的嘴唇紧紧咬着衣衫的袖子，向心爱之人吐露出满腔心声。

"若说对人世还有留恋，那就是我虽身为男子汉，却手无缚鸡之力，不能好好孝顺奉养卧病的双亲，我恨自己这个无用之身，我想了结自己不是一天两天了。我们二人若是执意讲明心意，退一万步讲，即便如运平这般刻薄恶毒也认输低头的话，我的父母肯定会固执己见，不会退让。要是两家都能退让一些，也许我们还有一点幸福的可能。不过，实际上是不管我们二人在这世间历经多少艰辛，运平也不会有丝毫的悔过之心，更别说他降低身价亲自道歉了。就算他屈膝求饶，我爹娘也绝不会原谅他。哪怕是沦落为叫花子夜叉，也不会去乞求他的怜悯，爹娘平日都是这么说的。未来两家怕是永无调解之日，几代延续的亲密交情一朝之间断绝，违背先祖遗留的旨意，最终沦为世人的笑柄。但是对于先祖和家庭来说，我的孝顺就是舍弃这空空皮囊。想到这些我不再有任何留恋，我已做好赴死的准备。"

悲哀，相期无缘。曾坐在井栏旁比身高①的时光一去不返。曾几何时，两人用白色的千代纸做成女偶人①。

"这个是你，这个是我。"

"今天我们去看戏吧。不，要是去赏花还可以。"

打打闹闹，言笑晏晏。

但，日夜等待，时光轮转，曾经的愿望一个也没有实现。世事无常，沧海没有化作桑田，爹娘的心却翻天覆地。

怎能料到恶人的心底竟潜藏着那么隐秘的阴谋诡计，可怜我遭人陷害后只留下悔恨和无助，唯有默默吞泪，这一生怕再难有晴朗的日子，从天而降的忧苦折磨着我的灵魂。芳之助痛定思痛。

夜阑更深，星星在漆黑的夜空中闪烁。两个人凝望着彼此，莞尔一笑，惜别的笑颜颇有凄凉之感。

不觉间，阿高手持匕首，神情决绝。这时，后面的树丛里好像有什么声音。

"有人来了！"

侧耳倾听，却是吹过来的风声，应该没有人跟来。

"阿高，你准备好了吗？丧失心智，会令我们死后都备受世间的耻辱。"芳之助心平气和地劝慰，他的身体和他的话都

---

① 源自《伊势物语》中的和歌，比喻男女小时候天真烂漫，青梅竹马。
① 纸制女人偶，身着千代纸做的衣服，头上装饰皱纹纸做的发髻。

颤巍巍的。悲惨啊，可惜一个青年才俊，正值青春年华却被奸人所害，犹如半夜的狂风吹断了含苞的花枝。

阿高的心刚刚平静下来，千钧一发之际。

"刀下留人！"从后面的树丛围墙中伸出一只敏捷的手，不知何人一把夺过刀子。

"放开我，让我去死！'尽管身躯娇弱，阿高却拼命挣脱。

"不，我绝不放手，我绝不放开你，我绝不放开你，你要是死了，我太对不起老爷了。"此人正是堪藏。

阿高话音未落，黑夜中划过一道白刃的亮光。

"啊……"

一声悲鸣，瞬间天人两隔，连理分枝。

第十四回

转眼间到了松芽萌动的时节。

"明明是我和他约定好的誓言，为何只有我一人苟活于世！"阿高顿足叹息。

生命无常，此生再也无法与他相见。这六叠大小的房间跟禁闭室并无两样，就连隔扇的开关都由乳母看守，更遑论堪藏的严格监视了，阿高真是插翅也难逃。

"当时明明都已手握利刃，只差一步就……不要留我一个人在此偷生啊！"

运平早已看穿女儿的眼神，还担心同锦野家的亲事就此告吹。本来此等美事进展顺利，这回若是被锦野得知内情，那婚事定会变成泡影，只好暂且秘而不宣。运平连哄带骗，想尽一切办法，但阿高始终泣涕涟涟，动不动就寻死觅活。种种过后，运平深感：对待阿高绝对不能掉以轻心，无论如何性命第一。她的心绪还没有完全平静，最不好要勉强举办婚礼，俗语说得好："去者日以疏。"随着时间的流逝，相信她对芳之助的思恋也会慢慢淡薄，沐浴着朝晖，春冰也会逐渐消融，假以时日，事情自会有转机。当下，谁也不要发表意见了。

运平只能不动声色地抚慰着女儿，当务之急是让她对这个世界重新产生兴趣。于是他带头讨取阿高的欢心，一方面努力让她精神愉悦，另一方面则严密监视，就连一把细细的小刀都要避免出现在她身边。夜晚更甚，多方留心、小心照料、严加看管。下人们也心领神会，连一丝风声都不让小姐听到，有时听到老鼠的声响也警觉地竖起耳朵。所谓疑心生暗鬼，甚至有人明明看到小姐正坐在里屋，还一惊一乍地喊："小姐去哪了？小姐不在吗？"就像小姐真的消失了一般，闹得虚惊一场。

乳母就在阿高小姐旁边摆了睡铺，没有睡过一个安生觉，她闲谈碎语中好意规劝，虽然讲得风生水起，但小姐却日渐消沉低落，奶妈深深怜悯着可怜的小姐，片刻不离地守护着她。

"这是人生的一个劫难，怎样都要迈过去呀！怎样都要逃开呀！"乳母规劝道。

从这以后，阿高不束发不化妆，往日花容月貌如今不为谁妍，昔日恋人赠送的镜子映照出冷漠无情的容颜，往日芬芳的沉香也无计留住芬芳，玉容寂寞日渐憔悴。她多想就这么一死了之，可惜生命不能随心。无病无忧，有时出神眺望远方，有时掩面痛哭。

与君离别后，徒然等待着日升月落，岁月一去不返，你在那边还好吗？春日樱花今岁又迎面，为何却感到面目可憎，听闻堀切的菖蒲[1]早已缠满了水车。阿高目睹此情此景，顿感人世如梦。

精灵棚[2]上没有供奉着任何祭品，世情实薄。秋夜月光朗照，草叶上露似珍珠，消散在茫茫夜色中。

"请看看我，你会怎么恨我呢？那个雪夜你我邂逅，我知你也是真心如日，我为此高兴。"阿高哭诉道。

芳之助那张流着眼泪的面庞仿佛浮现在眼前。阿高想着这些伤心事，一颗心仿佛通往幽冥之境，无情无悲，自己是否还留恋这被人救下的残躯？

阿高陷入悲痛之中，回忆往昔，不禁泣涕涟涟，笑是什么，她早已不记得。她深切体味着人世间的忧伤，忧伤无穷无尽，无意无心，春夏秋冬，落花流水又是一年。

"今日女儿的心结解开了，明日或许便不再沉溺于思念，待女儿荣华富贵，我也可以安心隐居。唯愿家庭平安稳定，子

---

① 堀切菖蒲园位于东京一条不知名的小巷中，有悠久的历史，是日本菖蒲花的发源地。
② 精灵棚，日本盂兰盆会时为供祭品、祭祀祖先亡灵而设的祭坛。

孙繁荣昌盛，各种凶事皆远去。"运平这样想着。

"哪怕是背叛父亲的叮咛，哪怕是忤逆爹爹的心愿，我也要豁出性命。百密总有一疏，等他们懈怠一点儿，明天再找找机会。"

悠悠七年光阴，阿高是笼中之鸟。

第十五回

"一直以来，让父亲、堪藏、乳母都为我操碎了心。现在明白过来，心里很是过意不去，对不起，年幼的我不计后果，竟做出如此轻率之事，但大家依然毫无芥蒂地帮助我，我真的很幸福。为了无谓的情分，我痛苦难当，多少次想要追随芳之助的脚步就这样去了，就好比人有两次生命那样行为鲁莽，我对自己这些年来的所作所为感到万分懊悔。从现在开始我要珍视自己。像傻子一样死去，为别人守节，有什么用呢？我这样独身寡居要持续到什么时候啊？有时心里默数着增长的年岁，越发不安起来。我真是不自量力，从小没有母亲，是父亲一人含辛茹苦将我养大，这几年一直让您为我劳心费神，我为自己的不孝道歉，以后一定要把芳之助忘得干干净净，找个好人结婚生子，我绝不会违背您的意愿。堪藏还有乳母长久以来都对我照顾有加，你们辛苦了，我的心现在已经晴朗了，再也不会像以前那么糊涂，请你们一定不要为我担心。"

女儿家总是心软，悔恨的泪水在阿高眼眶里打转。

"阿高，不要这么说，我们日日夜夜的守护终于有了价值，你能这样想大家才能安心。"说是这样说，运平丝毫没有放松警惕，日常起居还是十分注意。不过阿高确如此前所言，终于眉目舒解，跟昨日完全不同，她勤谨地说起父亲的事情或是自己的事情，还记挂着给杂务小吏们缝制衣服，满心欢喜的样子。看来是真心悔悟，运平悬着的一颗心总算放了下来。安心的不单单是运平，家里的人都是一样，终于可以睡个安稳觉了。

奇怪的是松泽夫妇，芳之助在世的时候，家里已穷得要揭不开锅，现在他们居然还坚持下来。可惜小树的嫩芽凋落，该死之身却痊愈。阿高打听到如今老两口做一些手工副业，赚上五钱六钱勉强糊口。世人不禁好奇松泽夫妇如今的境况，如此浇漓之世，竟有大慈大悲的大善人关怀怜悯这对孤苦老人，这对二老简直是天大的恩赐，但无人知晓这位善者到底是何方神圣，只是隐隐猜测到，定是位无比高雅尊贵之人。这位大慈善家从不透露姓氏，也不表明目的，仅仅知道是为了某些人情债。

知晓内情的只有阿高的乳母，她悄悄地给芳之助的陵前奉上贡品，而且假借多人之手，神不知鬼不觉间完成。乳母做事从来小心谨慎，她也实在可怜两位孤寡老人。

"世事艰难，女大当嫁，你应找到婆家尽孝，不要再让别人担心。"乳母常常含泪劝导，阿高听到这些话也泣不成声。

"只有您理解我，虽说我对芳之助已经彻底死心，但心里还是担忧着他的父母，明天若是爹爹打发我嫁人了，那么我就再也没有自由了。那时就拜托您了，希望您可以继续侍奉父亲左右，希望我们能和松泽先生和好如初，我只有这一件事相求。"阿高双手合十作揖，怀悼故去的芳之助。

见此情状，乳母更是记挂起小姐的姻缘，她总是明里暗里地旁敲侧击，在小姐耳边絮叨"嫁人呀，相亲呀"这些话语。这些日子，乳母的心情着实明朗欣慰了许多，七年间的操劳没有白费，而今终于可以睡上一个安稳觉，回想曾经多少个夜晚黎明，几乎都是风声鹤唳、草木皆兵。

当晚，乳母忽觉枕边冷风嗖嗖吹过，醒来后，看见走廊的一扇雨棚掉落，而并排的床徒留一个蜕皮的壳，早已空空如也。

"天哪！"乳母喊得力竭，枕头旁边的灯笼长明，黎明残留的月影倏的一下消失了，乳母哭天抢地痛不欲生。

"小姐啊小姐啊……"

黄土白骨，永不相负，千年松涛飒飒，吹散了碧血丹心，青青草色化为萧萧黄叶。冷霜萋萋，万里同一月色，多少爱恨情仇，徘徊在这鸳鸯冢之上。

丈比べ

青梅竹马

第一回

绕过这条路便是吉原①大门②，门旁的回顾柳③青青地垂着；黑齿沟④的波纹里倒映着三层花楼的人影光晕，灯火通明仿佛触手可及；从黎明时分就有车子来来往往，可见此处的繁盛荣华。虽然有一个"大音寺前街"这样颇有禅味的名字，然而正如街上的人所说，这里是个热气腾腾的红尘闹市。

从三岛神社那边拐过去，并未看到像点样的生意人家，破破烂烂的连檐房，十所一栋、二十所一栋，挤挤挨挨。由于生

---

① 吉原是日本江户时代公开允许的妓院集中地，位于现今东京都台东区，这个地名到1996 年为止一直存在，是日本第一的花柳街。

② 烟花巷的大门，妓院多集中于门内。

③ 回顾柳，种植在烟花巷入口处的一棵柳树，因在花街柳巷冶游的男人回家之时总要恋恋不舍地回头凝望而得名。

④ 吉原地区与外界之间的一条臭水沟，想要逃跑的吉原女子与被打掉的婴孩全被溺死沟中。

意不好，商户大都半掩着门。防雨板上挂着些稀奇古怪的劳什子，上面涂着胡椒粉，五彩斑斓的，背面沾有串串签子，像是田乐豆腐①。且不止一家两家悬挂着这种东西，一家老小都为此忙碌，可谓"日出而晒，日落而收"。若问此为何物，原来冬月酉日②去神社参拜的贪心信徒们挑的就是这玩意儿呢，叫作福耙③，用来祈福求神的。从正月里去掉门松④的那一天起，地道的买卖人一年到头只为做这种东西而忙碌着；就连搞副业的，一入夏，手脚上也都染得七彩斑斓，据说过年买的新衣服也指望这福耙呢。

南无大鸟大明神⑤，要是买了竹耙的人都能发大财，那我们做竹耙的真能一本万利了。话是这样说，却从没听过这附近有谁发了大财。住在此处的居民大多在烟花柳巷做活，有一家的男人在小格子屋⑥里当伙计，身上的鞋牌⑦总是叮叮当当地响。他一到傍晚就披上外褂出门，每一次都可能是他最后一次看到背后打切火⑧的老婆，因为当夜他很可能会卷入十人斩而生

---

① 一种日式菜肴，把豆腐切成长方夹串起来，抹上酱烧烤。
② 阴历十一月酉日所举行的盛典。
③ 每年十一月酉日在大鸟神社内卖的竹耙形吉祥物。
④ 日本风俗，新年门前装饰的松枝。
⑤ 大鸟大明神为日本古神之一。
⑥ 此处指游廓里面的账房。
⑦ 日本人进屋脱鞋，因此有些茶馆、旅馆、妓院门口有人专管客人的木屐，客人出来凭号牌取鞋。
⑧ 为祈求平安而用火镰打出的纯净的火。

生送命，抑或是牵连到什么殉情自杀而无辜招祸。这豁出性命的危险差事，他却只当是出去游玩似的，挺有意思。

还有个姑娘是一等妓院的小童妓①，又听人说她在那七家连檐房②里的一个馆子里带引客人，也就是提着字号灯笼迈着小碎步到处奔走招呼。满师之后要去哪里呢，想要登上柏木舞台③大红大紫那简直就是痴人说梦。还有个三十岁的半老徐娘，夹着小布包忙碌地在茶屋栈桥上周旋。她身上穿着精巧可爱的唐栈④衣衫，脚上套着藏青布袜，雪驮⑤叮当作响，风韵犹存。"再绕可就远啦，就在这儿给你吧。"从那个定做的小包袱来看，她就是这一带的女裁缝。

这里的风俗很特别，认真系好后带⑥的女人少之又少，大家都喜欢俗气宽大的大花腰带，半老徐娘也就算了，就连口含酸浆果的十五六岁小丫头也是这副打扮，难怪令人侧目。是耶非耶，你看，记得昨天她还是河边小格子里一个叫什么阿紫⑦的勾栏美人，昨日还被人称呼着那光源式⑧风格的名号，今天便和

---

① 明治时期，在妓女身旁做杂事的妓女。
② 日本花街内有很多饭馆，这指的是大门旁的七家饭馆。
③ 柏木板铺成的舞台，此处指成为当红名妓。
④ 一种进口细条纹布，蓝底配有纵向红色、浅蓝等色细条纹，致密平织，有光泽，手感光滑。
⑤ 皮底和后跟有钉的竹皮木屐。
⑥ 一般未婚少女从后面系腰带。
⑦ "紫"是《源氏物语》里主角的名字，日本妓女爱用此书卷名和女主角名做花名，如"若紫"等。
⑧ 光源氏，即源氏，《源氏物语》中的男主人公。

小混混阿吉笨手笨脚地摆走了烤鸡小店，但却赔光了老本儿，真真如摊子上的烤鸡串般只剩下个鸡架子，无奈只好返回老窝重操旧业。[①]不得不提一下妲那副老板娘的风韵，真是比良家妇女有味道。

所以，这里的孩子没有不受影响的，且看秋天九月仁和贺[②]节庆时的盛况吧，那副逼真模仿露八的做派和荣喜[③]口技的姿态，要是孟母瞧见了，肯定会吓得火速搬家哩。如果有人夸赞他们两句，那孩子们整个晚上便会神气活现，七八个人一群绕着大街走上一圈。大家把手巾搭在肩头，哼着艳曲，十五岁的年纪就一副吊儿郎当的模样。这些孩子甚至在学校里唱歌也嗨哟嗨哟地打着游廊的拍子，有一次运动会上差点表演了《运木曲》[④]这等风情小调。

入谷[⑤]附近有一个育英学校，虽说是私立学校但也有近一千名学生，在教育这些顽童方面老师可谓是煞费苦心。在狭小的校舍里，孩子们的座位一个挨着一个，老师也声望日重，一提起来无人不晓。有个学生的爸爸是消防员，在吊桥[⑥]的哨棚当差。他子承父业也懂得了这些门道，有一次学着他爹的样子

---

① 暗喻阿紫不善经营，就像自己做的烤鸡一样，只剩下骨头。
② 吉原三大活动之一，秋天举行。
③ 露八、荣喜都是江户时期吉原的名艺人。
④ 日本民歌的一种，运送木材时所唱的歌，后来歌妓在演出时也常唱这首歌。
⑤ 地名，位于日本东京都台东区北部、莺谷车站以东。
⑥ 城门口的吊桥。

爬梯子，不小心把防盗栏弄折了。同学们对他嘲笑："你爹是不是马①啊？"那个讼师的孩子一听到有人说"马"就窘迫无比，脸涨得通红。还有个家里开妓院的"小皇帝"，他一副贵公子的做派，头上戴着流苏帽，身上的洋服轻盈流丽。"少爷少爷！"有小孩跟在他后面溜须拍马，真真好玩儿。

　　这众多学生中，还有一个叫龙华寺信如②的。他身着细条纹和服，一头浓发不知还能留到几时，也许不久就要改换黑色僧衣。不过，他当真愿意皈依佛门吗？信如喜欢读书，有人不喜欢他那副老实模样，就对他做各种恶作剧。曾有人把用绳子绑住的小猫尸体扔到他跟前，说："快去超度它呀，行使你的使命吧。"不过这都是以前的事情了，如今他排名全校第一，绝没有人再敢欺侮他。这孩子年纪十五，中等身高，栗色头发，气度不凡。藤本信如的名字用的是训读，蛮有佛家弟子的气度。

① 嫖客钱不够时，随他们去要账的人绰号叫"马"，也附带给妓院做些拉客、打杂的工作。
② 信如是龙华寺方丈的儿子，人们给他起的外号叫"龙华寺信如"。

第二回

八月二十日是千束神社的祭典，大街上到处是绚丽奇巧的花车小摊。那阵势仿若要越过河堤、挤到花街里面去似的。年轻人们个个干劲满满，他们生在这里，自小耳闻目睹各种花样儿，自不能小看之。大家商量好穿同色系的浴衣，瞧那盛气凌人的气势，简直令人闻风丧胆。

这些臭小子自称"胡司组"，小鬼头长吉今年十六岁，自从仁和贺巡更代父亲当班三执铁杖①以后，派头越来越大，腰带系得低低的，说话趾高气扬，真是流里流气。

"那个人要不是咱们老大家的儿子，哼……"消防员的老婆在背后嘀咕。

---

① 顶端有铁环的巡更用的铁杖。

这孩子满脑子都是如何惹是生非，在这一带很有势力。表町里还有一个叫田中屋①正太郎的男孩子，比长吉小三岁，他家境宽裕，人又长得可爱，自然就成了长吉的眼中钉。长吉上私立学校，正太郎上公立学校，就算是唱同一首歌，对方也显摆出自己唱得更正宗的神气。去年前年祭典上正太郎那边有大人撑场面，花样自然出新，长吉虽看得心痒痒但不敢贸然动手。要是今年再输给正太郎，那谁还会认小胡同的长吉啊，肯定会说他是摆空架子，到弁天池游泳的时候可就没有人加入这一队了。要比力气当然是长吉占上风，但是伙伴们都被正太的温和劲儿给蒙骗了。还有一点，就是惧怕他的学问，可恨胡同组里三五郎、太郎吉这样的孩子，私下里都倒戈了。

"后天就是祭典，决一胜负的关头来了，破罐子破摔大干一场吧，要是能在正太脸上留个疤，我就是变成独眼龙变成瘸子也值了。我的手下有车夫的儿子丑松，扎头发绳家的儿子文治，玩具摊的儿子弥助，有他们在就不怕正太郎。嗯……还有哪些人？跟藤本商量商量，他肯定有好主意。"

十八日傍晚时分，长吉赶着飞在眼边的蚊子，穿过龙华寺郁郁葱葱的竹林庭院，蹑手蹑脚地来到信如的房间。他悄悄探

---

① 田中屋是字号，因为正太家过去开过当铺，所以大家都叫他田中屋正太郎。

出脑袋问："阿信，你在吗？"

　　"人们都说我是个冒失鬼，或许我就是个大老粗吧，但不甘心就是不甘心啊。你听我说，去年我那个最小的弟弟跟正太那一帮小萝卜头用长灯笼打了起来，当时正说话呢，他们那一群人就乱哄哄地跑了出去，把年纪还那么小的弟弟的灯笼弄得乱糟糟，还把他抛起来。一个家伙说什么看啊，这就是胡同组的臭样子！米团子店①那个大人模样的傻大个还骂我说什么头儿啊，是尾巴，猪尾巴。不巧那会儿我到千束神社去了，听到消息后真想冲过去干一架，却被爹骂了一顿，没办法只能哭着睡了。再说前年，你也晓得吧，小伙子们聚在大街笔店表演滑稽短剧，我去看的时候，他们竟然讥讽我，说什么小胡同也该有小胡同的把戏吧。他们只把正太当作客人，根本不把我放在眼里，把我气得啊！不管他家有多少钱，还不是把当铺关张了去放高利贷吗？与其让那样的家伙活着，还不如弄死他对这世间好呢。所以这次祭典无论如何也要大干一场收回颜面。信如你是我的朋友，虽然我也知道你不愿意，但是请一定要支持我。咱们一起给胡同组一雪前耻吧。咱们收拾收拾那个连唱首歌也要摆出自己是正宗的自大无比的正太郎吧。他们说我是私立学校的呆瓜，不也就是说

---

①　卖江米团子的小店。

你吗？求求你，请帮我抡起大灯笼打一架吧。哼，我觉得太可气了。要是这次再吃败仗，我长吉可就真无地自容啦！"

长吉那大而宽的肩膀晃来晃去。

"但是我没力气啊。"

"没力气没关系。"

"我可转不起大灯笼。"

"转不起来也没事。"

"要是我参加的话也许你会输的，这也行？"

"输就输吧，这也没办法，那我就死心了。真的，你什么都不用做，就顶着胡同组的名号，壮壮士气就行。我是个大文盲，但是你满肚子墨水。要是那家伙用汉语骂我，咱们也用汉语回击！嗯，解气多了！有你在场咱们的腰杆就硬了，谢谢你信如。"今天好不一样，长吉的语气格外温柔。

一个是绑着三尺腰带趿拉着草屦的工匠的儿子，一个是身穿黄色平纹细棉布、腰系紫色兵儿带①的佛门少爷，所思所想自然不同，说话也常常南辕北辙。

"长吉是在龙华寺门前呱呱坠地的。"方丈夫妇常把这话挂在嘴边，对他偏爱有加。再说两人还是同学，别人一直讥诮他"私立私立"，信如心里也不好受。天生的讨厌鬼长吉

---

① 男人或小孩系用的整幅腰带，多用整幅纯白纺绸、绉绸、毛织品等染成白色花纹做成，明治以后得到普及。

也没有个真心实意的朋友。而对方则有大街上的小伙子们撑腰。坦白说，长吉上次之所以吃败仗少不了田中屋那个家伙的缘故。信如想想，从情分上、从义理上都不好推辞，于是便说：

"那么我就加入你们这组吧。君子一言，驷马难追。古语有云：不战而屈人之兵。但要是对方先挑衅就没办法了。不就是这个东西嘛，田中正太郎就是我的小手指。"信如忘了刚刚还说过自己没力气的话，从抽屉里拿出一把从京都带来的锻造短刀。

"看起来好锋利啊！"长吉凑过脸去。

太危险了，要是挥舞这玩意儿可不得了。

第三回

　　将垂至脚跟的秀发从发根处紧紧扎起，刘海儿向后绑成一个大大的发髻。"赭熊髻"虽然名字听上去有点儿恐怖，却是当下的流行发式，大家闺秀也喜欢弄这种发型呢。

　　她皮肤白嫩，鼻梁高挺，虽不是樱桃小口，丹唇微闭也十分动人，五官单独来看可能不是典型的美人，但明亮细气的嗓音，脉脉含情的双目，俏皮灵动的身段，可谓秾纤得中。她身穿印有蝶鸟花样的柿色浴衣，胸前绑着彩色的昼夜带①和黑缎子，脚上的高齿木屐在这一带相当罕见。

　　早浴归来时分，她手拿毛巾站在街边，脖颈上擦着雪白的官粉。

---

① 表里用不同料子做的女用和服带。

"好想看看她三年后的模样啊!"从花街回来的年轻人都这样说。

大黑屋的美登利生在纪州,说话稍微带点儿地方口音,但语气听起来很可爱。首先没有人不喜爱她那大方的性格。那个与孩子身份不相符的重重的钱包,全拜姐姐是最负盛名的头牌所赐。为了巴结她姐姐,总有人给她钱。

"去买个可爱的洋娃娃吧。"

"拿着钱去买个皮球玩吧。"

给钱的人并不图回报,拿的人也觉得没什么。就这样,同年级的二十个女同学每人都有了一个皮球。不过这等事情都是小菜一碟,为了让小伙伴们高兴一下,她还把笔店里清仓的玩具全都买了下来,分给大家。就这样日日夜夜地挥霍浪费,全然不顾与自己的年纪和身份不符合,真叫人担心她的将来。她的父母都睁一只眼闭一只眼,并不怎么教育她。妓院老鸨宠爱她的样子也挺奇怪,听闻美登利既不是养女也不是亲戚,只不过是姐姐卖身的时候,家人在荐头的诱惑下以为可以到这个地界找活儿做,全家就打好行囊离开家乡。除此之外的因素就无从知晓了。当下,他们照看着别院①,母亲给妓女们做些针线活,父亲给某家茶室做会计,美登利平日

———————————
① 大黑屋的宿舍。

073

里就学点儿舞蹈、插画、刺绣、编织之类，其余时间便由自己支配，她一半天去姐姐屋里玩耍，一半天去大街上闲逛。在风尘花柳之地，她极目所见皆是艳丽的服饰，耳闻全是三味线的调调、太鼓的声音。记得刚来的时候，她在夹衣服里套着紫色的扎染衬领①，穿着这身行头走来走去。城里姑娘"土包子、土包子"地笑话她，气得她哭了三日三夜。现如今是她嘲笑别人土里土气了，而且也没人敢顶嘴。

"二十日是祭典，咱们找点儿有意思的事吧。"小伙伴们缠着美登利。

"你们想想有什么好玩的，最后找一个大家都喜欢的，花多少钱我来付。"美登利照例承担开销。她宛如孩子国的女王一样，和孩子不相宜的恩惠比大人给的还大方。

"演滑稽短剧吧，"一个孩子说，"找个店铺门前表演，让大家都见识见识。"

"那多傻啊，还不如给我们做一座神舆②呢，弄上蒲田屋里那座一样的装饰，沉一点也不打紧，嗨哟嗨哟嗨哟，能抬得动。"旁边的一个男孩子搓搓扎头巾。

"那我们就太无聊了，只能眼巴巴看你们自己热闹，美登利姑娘也会无聊哩，你想一个好玩的吧。"这群女孩子早已将

---

① 妇女和服衬衣上的衬领。
② 祭典时供着神的牌位抬着走的轿子。

祭典抛到九霄云外去了，挺有趣的。

田中屋正太郎骨碌骨碌地转动着他那双可爱的眼睛，说：
"要不就放幻灯片吧，我那有几张，不够的话再让美登利给咱
们买，在笔店里放不就可以了？我负责放映，让小胡同的三五
郎过来解说，美登利姑娘，这么办行吗？"

"好啊，这样就有意思多了。要是让阿三来解说，估计没
有人不会笑的，顺便把他的脸也放出来那样就更逗乐啦！"

大家一致同意这么做。幻灯片不够的部分由正太郎负责采
购，他在街上大汗淋漓地跑来跑去。

第二天，小胡同的人也都知道了。

第四回

　　手鼓的旋律叮叮咚咚，三味线的曲调袅袅约约，到处热闹非凡。祭典那天又别有一番景象，除去十一月酉日节庆，再没有比这一年一度的祭典更热闹的了。三岛神社和小野照神社，这些邻社全都不想输给彼此，暗自争奇斗艳。小胡同和大街上的人们都穿上印有街名的真冈布衣①。

　　"还没去年的字体好看呢。"也有人嘴里嘟囔着。

　　浆染的麻布，越粗越好，十四五岁以下的孩子们挂上不倒翁、木兔、小狗等各种各样的小玩意儿，弄得越多显得越有派头面。有系七个八个的，也有系九个十个的，大大小小的铃铛在背上叮当作响，他们穿着布袜东跑西颠，神气活现。田

---

① 栃木县真冈市产的棉布，结实耐用，多用来制作浴衣和短布袜。

中屋正太郎在人群中鹤立鸡群，他穿着印有商号和姓名的红色短外衣，雪白的脖子上挂着藏蓝肚兜，装束十分罕见，那紧紧绑好的浅黄色腰带一看就是上等绉绸，衣领上的字号也彩艳艳的，十分醒目。他还在头巾上扎着一枝彩车上的花，木屐皮绳塞窣作响，但他没去参加打鼓吹笛的队伍。晚间祭祀平安度过，天色慢慢沉下来，笔店门口已聚集了十二个孩子，唯独缺少美登利。

"她呀，还在慢悠悠地化晚妆呢！"

"真慢啊真慢啊！"正太在门口进进出出。"三五郎，你是不是还没有去过大黑屋的别院呢？你去，到院子前喊一嗓子，美登利应该能听得到，快去快去！"

"好，那我去叫她吧。把灯笼先搁在这儿，应该没有人来偷蜡烛，正太给我看好啊。"

"小气鬼，有这个工夫你早到了。"

三五郎受到比自己还小的正太郎的责备。

"好好我这就去！"他跑得飞快，跟韦驮似的。

"看他那个样子真逗！"在一边看热闹的姑娘们笑得前仰后合。

三五郎又矮又胖，脑袋像个小木槌，脖子粗短，宽大的额头加上塌鼻子，所以有了一个"龅牙三五郎"的外号。皮肤黑乎乎的，幸好眼睛长得好玩，笑起来脸颊上还有两个小酒窝，眉毛的形状跟福笑① 似的，总之是个天真滑稽的孩子。

　　穿着阿波绉布窄袖衣裳② 的穷孩子三五郎，跟那些不了解情况的伙伴们说："我那套真冈布衣还在做着呢。"他是家中老大，一共兄妹六人，父亲靠拉洋车养家糊口，虽然五十轩那有不少老客户，但家里生活还是捉襟见肘。前年，也就是十三岁的时候，三五郎也开始帮父亲干活了，先是到林荫道的一家排版所当学徒工，但他是个懒鬼，不到十天就受不了了。迄今为止他从没在一个地方连续工作超过一个月，从腊月到春天做些羽毛毽子当家庭副业，到了夏天就在检查所的冰店里帮忙，他招揽客人的声音很好玩儿，对付客人很有一手。去年仁和贺戏的时候三五郎开始拉屋台车③，小伙伴们就到处挪揄他，"万年町"④ 的外号现在还有人叫。一说起三五郎人人都知道他是个小滑稽，也是挺会交际。田中屋是三五郎一家人的财神爷，全家上下都靠借贷的印子钱过活，虽说还的利息也不低，但是没了这个大金主，三五郎家的日子怕是会过不下去吧。

　　"三五郎到我们这儿来玩吧。"只要正太这样说了，三五

---

① 日本新年传统的游戏。把眼睛蒙上，找五官的卡片，贴到一起。
② 因为袖筒窄小，行动方便，故多用作劳动服、男童服和短外褂等。
③ 放有菜肴和点心的小车。
④ 万年町是吉原附近有名的贫民窟，仁和贺戏的屋台车大半都雇用万年町一带的居民，因此三五郎被取笑为"万年町"。

郎即便心里一百个不愿意，为了情面也得去。可话又说回来，三五郎生在胡同长在胡同，住的是龙华寺的地界，租的是长吉他爹的房子，他表面上不敢背叛长吉，私底下却总往这边凑，弄得里外不是人。

正太坐在笔店里闲得无聊，小声唱起了情歌："偷偷爱着你呀……"

老板娘笑着说："哎呀，小心被发现啊。"

不知怎的，这孩子耳朵根都红了。

"大家到我这儿来！"

他大喊一声呼朋引伴，不巧迎头碰上了从大街赶过来的奶奶。

"你怎么不回家吃晚饭？这孩子是不是玩傻了，刚才喊你半天你没听见啊？回头再和大家一起玩吧。真给您添麻烦了。"奶奶跟笔店的老板娘寒暄了几句。

奶奶亲自来接，正太也没法拒绝，只好跟着奶奶回家了。正太走后空气骤然冷清下来，人数虽然没怎么变化，但是正太不在连大人也觉得索然无味了。

"他既不瞎胡闹也不跟阿三那样爱讲笑话，讨人喜爱的公子哥可不多见啊。不过你刚看见了吧，田中屋的寡妇真招人烦，都已经六十四岁了，还梳了一个那么老大的圆发髻，幸好没有擦香粉，成天口蜜腹剑就算是把人逼死了也不管，看样子将来要把钱带进棺材板里去呢！"

"但咱们还是低人一等，还不是钱的威力吗？谁不稀罕钱呢。听说堂子里好几家大妓院也都靠借她的钱过活呢。"

几个媳妇站在马路牙子上盘算田中屋的家产。

第五回

"午夜思君苦，深深眷恋小暖炉。"①

夜风凉爽，热水澡洗去了白天的暑气，美登利正对镜梳妆。母亲用手拢了拢姑娘松下来的头发，左看右看都觉得女儿美极了，随后不忘叮嘱一句："脖子上的粉太薄了些。"美登利身着凉爽的浅蓝色友仙②夏衣，绑上一条窄窄的淡茶色金线织花锦缎，过了好一会儿才扣木屐摆上庭园的踏脚石。

"还没好啊，还没好啊。"三五郎已经绕着围墙转了七个圈圈，哈欠也打了无数个。那赶不完的特产——蚊子狠狠叮咬他的额头和脖子，三五郎烦得不行的时候，美登利出来了，对他说了一句："走吧。"三五郎二话不说，拽住美登利的袖子就跑

---

① 端唄《我的东西》中的一节歌词。
② "友禅染"的略语，友禅绸，染上人物、花鸟、草木、山水等花纹的一种绸子。

起来了。

"哎呀，喘不上气了，胸口疼，你这么着急，那我不去了，你一个人走吧。"美登利气呼呼地说。二人前后脚到了笔店的当儿，正太郎想必正在家吃晚饭吧。

"啊——好无聊啊，好无聊啊，正太不在我都懒得玩幻灯片了呢。大娘，你家有没有七巧板啊，十六子跳棋也行，什么都行，闲着真难受。"

看到美登利空落落的，女孩子们立刻借来剪刀做剪纸。三五郎则带着一众男孩子唱起了仁和贺戏歌："北廓锦地，朱户影红，繁华五丁町。"小伙伴们齐声合唱，那场景相当有趣，记性好的孩子们连去年甚至前年的戏歌都一股脑儿唱了下去，手势和拍子却是保持原样。① 兴致正浓时，门外吵吵闹闹围上来十几个人，有人钻进人墙问："三五郎在不在，出来一下，找你有点急事。"原来是做头发绳的文次在喊他。

这边三五郎毫无戒备地回答："好的，这就来了。"

三五郎正要跨过门槛，长吉一记重拳打在三五郎的颧骨上。"你这个贰臣，准备接招吧。给胡同脸上抹黑的浑蛋，不能轻饶。快看看我是谁，我是长吉啊。瞧瞧你做的糊涂事，后悔去吧！"

---

① 演仁和贺戏时唱的歌曲，歌词和曲调每年不同。

三五郎吓了一大跳，转身想往人群里跑。胡同组的一群人冲出来抓住他的衣领，大喊"弄死三五郎，把正太交出来！胆小鬼别跑啊！米团子店那个大傻子也别放过！"屋内顿时乱成一锅粥，屋檐上的灯笼嗖的一下就被打下来了。

"电灯危险啊，你们别在我店里打架！"老板娘大声叫唤，但是没人理会。

这群人大概有十四五个，全部包着头巾提着大长灯笼，所到之处一片狼藉。他们穿着鞋子旁若无人地冲进来，却没发现目标正太郎。"把他藏哪儿了？他躲在哪里。快说，要是不说的话就接着打！"他们对三五郎拳打脚踢。

美登利气得直发抖，她一把推开小伙伴们，骂道："你们跟阿三有什么过节，要跟正太打架就找他去啊。他没躲也没藏，没看见他不在这吗？这是我的地盘，容不得你们放肆。讨厌的长吉，你干吗打阿三，干吗又把他按倒？要是有种就来打我吧，我来跟你们打……伯母你别拦着我。"

"叫花子，快吃我一拳，整天吃你姐姐的剩饭，给我当对手你还不够格。"长吉从人群后面扔出一只泥草鞋，瞄得真准，狠狠打在了美登利的额头上。美登利顿时脸色大变，老板娘怕她受伤急忙上前抱住她。

"活该，咱们这有龙华寺的藤本少爷，想要报仇咱随时恭候！呆子、胆小鬼、软脣头，回家路上有伏兵，小心小胡同黑暗的地方！"

三五郎被猛地摔到地上，这时候传来噔噔噔的脚步声，原来有人报告了派出所。

长吉大喊一声："撤！"丑松、文治等十几个孩子，纷纷四散逃跑，有人猫着腰穿到后街的小路上去了。

"气死了，气死我了、气死我了！长吉、文治、丑松，你们怎么不杀死我？我三五郎不会白死的，我变成鬼也要取你们的狗命，长吉，你给我记住！"三五郎豆大的泪珠哗啦哗啦地滚落，最后终于哇的一声哭起来。他浑身剧痛，窄袖衣服上到处都是裂口，背上腰上沾满了尘土。

"就算想拦也拦不住，他们人多势众来势汹汹，大人都被吓得战战兢兢。"笔店的老板娘跑到三五郎身边，把他扶起来，摩挲着他的脊背，拂掉尘土。"忍忍吧，不管怎么说他们人多，咱们又都太弱小，大人都不敢出手，打不过也没办法，亏得没怎么受伤，怕是回去的路上不安全，幸好有警察先生，让他送你回家我就放心了！"

老板娘绘声绘色地描述了来龙去脉，真可谓声情并茂。

"这是我的职责所在。"警官拉起三五郎的手说要送他回去。

三五郎嘟囔道："不，我自己回去就行。"

"哎呀，不用怕，送你回家是分内之事，无须担心其他。"警察摸着他的头微笑着说。

三五郎畏首畏尾地说:"爹要是知道我跟长吉打架,肯定会骂我的,长吉他爹是我家的房东。"三五郎灰头土脸地解释。

　　"那好吧,我就把你送到门口,一定不让你爹骂你。"警察于是带他走了。周围人见状才放下心,目送他们离开。

　　刚到胡同拐弯的时候,三五郎忽然甩开警察的手,一溜烟地跑了。

第六回

"真稀奇啊，难不成八月飞雪吗？美登利，你不想去上学是哪里不痛快吗？不吃早饭等一会儿给你点一份酸饭团。感冒了吗？可也没发烧啊，可能是昨天玩累了。娘替你去太郎神社参拜吧，你就别去了。"

"不行不行，为了姐姐生意红火，我亲自去太郎神社许愿求神，要是不去还愿那就不灵了，给我拿点香火钱我这就去。"美登利说罢就跑出家门，来到庄稼地里的稻荷神社，只见她双手合掌敲着鳄嘴铃，低着头走来走去，也不知道许的什么心愿。

美登利一直深深垂着头。

看见从田间小路上回家的美登利，正太赶紧跑过去拉住美登利的袖子，没头没脑地说："美登利姑娘，昨天真对不住！"

"你有什么可道歉的啊？"

"但是，他们是因为恨我，因为我才过来打架的，要是奶奶不过来叫我回家吃饭，我是不会走的，那样三五郎也不至于被揍得那么惨，今天早起我去看三五郎了，他哭得特别伤心，我听了更是生气。听说长吉还用草鞋打你了是吗？他真是个大浑蛋！但是，美登利你能原谅我吗？我绝对不是提前知道才故意躲开的，我匆忙地用筷子扒拉两口饭想到街上去找你们，不巧奶奶说她要去洗澡，我只好留下来看家，这时候他们就打过来了，我真的什么都不知道……"

正太就像自己犯了罪似的一个劲儿地赔不是，看着她的额头，问还疼不疼。

美登利莞尔一笑："这不算受伤，但是正太你听着，你千万不能说我被长吉用草鞋打了，娘知道了一定会骂我的，爹娘都没打过我的头，长吉那家伙竟然用沾满泥浆的草鞋打我，不就像被他踩了一脚一样吗？"

美登利把脸背过去，风姿楚楚。

"你们真的要原谅我，这都是我不好，真对不起，你要高高兴兴的，你要是生气的话我就更苦恼了。"正太絮叨着，不觉间走到了自家后院，"美登利进来不？里面没人，奶奶出去收利钱了，只有我一个人也挺寂寞呢，我把上次跟你说过的彩色浮世绘版画拿出来吧，很多种呢！"

正太拽着美登利的袖子不让她走，美登利点点头。

自闲寂的折户进入，小巧的庭院中摆放着很多风雅的盆栽，屋檐下若隐若现的吊兰一准儿是正太在午日那天买回来的。不知底细的人一定会歪头思考，街道上的大财主家怎么只有祖孙二人呢，老太太整天挂着一大串钥匙，肚子肯定会受寒的。不过因为是一览无余的连檐房，主人即使不在家，也没人敢打碎锁闯进来。

　　"到这边来。"正太先一步找到一个阴凉处，随即拿起团扇扇了起来，这个成熟劲儿哪里像不到十三岁的孩子啊。随后他拿出珍藏已久的锦绘，美登利一顿夸奖，他更是喜不自胜。"给你看看以前的毽子板①，这是我娘在官邸当差时得的奖赏。好玩儿吧？你瞧瞧这么大，上面的人脸跟现在的也不一样呢。唉，要是娘还活着那该多好啊，她在我三岁的时候就去世了，爹虽然还在但是他已经回农村去了，如今这里只剩下我和奶奶，我可真羡慕你啊。"正太不知不觉怀念起自己的父母来。

　　"你看画都被弄湿了，男儿有泪不轻弹。"

　　"也许是我太脆弱了，总是会想起以前的种种，现在这个时候还好，要是到了冬天的夜晚，一个人走在收利钱的小路上，不知在河堤上哭过多少次。我并非因为天冷才哭，是没来由地想起各种各样的事情。对了，从前年开始我就出去收利钱

---

① 日本羽毛毽子拍。

了，因为奶奶上了岁数，晚上也不安全，而且她眼睛不好盖印章的时候特别不方便。我家倒是也雇过几个伙计，但是全都欺负我们老弱，都不好好干活。奶奶说，等我再长大一点儿，就把当铺开起来，当然开不成之前那么气派的，但也要打起田中屋的招牌。奶奶一直期盼着。别人都说奶奶吝啬，可是她那么节约都是为了我啊！所以我心里特别过意不去。收款的时候通新町有很多可怜人，他们一定会说奶奶的坏话。一想到这些我的眼泪就止不住，归根结底还是我太脆弱。早晨去阿三家的时候，那家伙怕他爹知道正强忍着疼痛干活呢，我看到这个情景就什么都说不出口了。男孩子总爱哭这的确是很可笑，所以小胡同的那些臭小子们才瞧不起我吧。"

说着说着，正太因为暴露了自己的脆弱而脸上泛起层层红云，纯真的眼神与美登利无意间交会，甚是可爱。

"祭典那天你穿的衣裳跟你特别配，真是羡慕死我了，我是男孩子我也想那么打扮，真的比谁都好看。"美登利对正太夸赞一番。

"什么啊，我算什么。你才是真正的美人呢，大家都说你比花街的大卷姐姐① 还要美。要是有你这样的姐姐，我肯定特别有面子，不管去哪儿都要跟着你使劲逞威风。可我一个兄弟

---

① 大卷是美登利的姐姐。

也没有，说这个又有什么用……还有还有，美登利，下次我们一起去拍照吧，我打扮成祭典那天的样子，你就穿亮纱条纹衣服，咱们华丽丽地去水道尻的加藤那里照相，叫龙华寺的那家伙羡慕死。那家伙一定会生气，气到脸变绿，气到肝颤，气到脸红脖子粗……要是他不生气的话，肯定会笑话咱们俩，要是爱笑就让他笑好了，咱们拍一张大的放在橱窗里，好吗？怎么，你不想去吗？看你的脸色好像不情愿啊？"

正太埋怨的语气很好玩。

"我不上相怕你再讨厌。"美登利扑哧笑出声，咯咯大笑的她终于又恢复元气了。

凉爽的早晨倏忽而过，天气渐渐热了起来。

"正太晚上见，你也来我家玩吧，咱们去放小花灯，追小鱼，水池上的小桥修好了没什么好怕的。"美登利站起来。

正太开心地目送她的背影，心里想：她真美。

第七回

　　龙华寺信如和大黑屋美登利，二人都是育英学校的学生。

　　四月末，当樱花慢慢凋谢，嫩叶的绿影掩映藤花的时候，水谷原召开了春季运动会，有拔河、铅球、跳绳等多种项目，同学们兴高采烈，全然忘记已暮色沉沉。那时候，信如不知怎的一改往日的稳重沉着，不小心被水池旁的松树根绊倒在地，两手都插到红黏土里，外褂袖子也沾满泥土，样子实在狼狈。美登利刚好瞧见，她赶忙拿出红绸手帕，说："用这个擦擦吧。"

　　这情景正巧被一个醋坛子看见，那人嫉妒地说："藤本明明是个和尚，跟姑娘窃窃私语还美滋滋地跟人说谢谢，可笑不可笑？美登利会成为藤本信如的老婆吧，大黑纱配大黑屋，嘿嘿！"那人胡乱议论。

信如本来就不爱听别人说东说西，总会特意远离爱嚼舌根的人。如今自己却成了绯闻主角，这怎能忍？于是他只要一听到美登利的名字就觉得心烦气躁，害怕别人又提起那天的糗事，所以心里一直闷闷不乐，说不出来的抑郁。可是又没有借口迁怒于美登利，他只好尽量装出若无其事的表情，故作严肃姿态，但心里的疙瘩始终无法解开。有时候两人打了照面，那才最是难堪，大部分时候信如就丢下一句"我不知道"来搪塞美登利，然后身上冷汗直流，心乱如麻。

美登利哪里晓得他心里的变化，还总是亲昵地喊着"藤本哥哥、藤本哥哥"。有一天放学回家，她先一步走出校门，在路边看见一种从未见过的花，于是就等着走在后面的信如，说："看，那花多好看啊，但是树太高我够不到，藤本哥哥你那么高，你能够得到，求你啦，给我摘一朵吧！"

信如在那一群孩子中年纪最大，被美登利当面拜托，不好挥挥衣袖走人，又担心别人就此开始念叨，于是便从手旁的枝头上随意摘了一朵，扔给美登利后就飞快地跑开了。这人怎么突然如此冷漠，美登利怔怔地，不知所措。接连几次遇到类似的事情后，她终于明白，藤本信如是故意跟自己过不去，他对别人友善唯独对自己不耐烦，问他事情从来不好好回答，离他稍微近一点儿他就躲得远远的，跟他说话就生气。性格阴暗的怪人，怎么也没办法让他高兴。既然他总是这么古怪乖僻，那我不再把他当朋友了。美登利气得连说话也不利索了。于是，擦肩而过时她也不说话，路上碰见也不招呼。两人之间好像横亘了一条大河，一个在河西，一个在河东，无舟也无筏。

从祭典第二天开始，美登利忽然就不去上学了。不消说，额头的污泥洗得去，心头的耻辱是洗不下去的。

她深深地懊恼着：

不管是表町还是横町，大家同在一个教室上课，不都是同学吗？干吗要分帮分派刻意保持距离啊。就因为我是女孩子，正好遂了他们的心愿，于是那日晚上才干出那么下作的事情。长吉霸道粗鲁这谁都心知肚明，不过要是没有信如在后面使坏他也不会如此嚣张。那个藤本信如，人前装作一副知识渊博、彬彬有礼的样子，背后却诡计多端。去他的优等生！去他的满腹经纶！去他的龙华寺大少爷！我大黑屋美登利可不敢劳他惦记，还说我是叫花子，我又没去他家要饭。我知道龙华寺有很多厉害的施主，但姐姐这三年中也积攒了不少有能耐的熟客。银行的大川先生、兜町的某老爷……那个矮小的议员大人还要娶姐姐做夫人呢，不过姐姐不中意他这个人。妓院老板说那人在社会上很有名望，非常能干，不信的话尽管去打听。

"大黑屋要是没有大卷可就真的黑了。"所以老板对爹娘和我都特别照顾。记得那次我在妓楼一个房间里打羽毛球，客厅的壁龛里供奉着濑户陶瓷的大黑神①，可我不小心碰倒了花瓶，那陶瓷瓶七零八落碎了一地。正在前厅喝酒的老板只说了一句"美登利别太淘气"，也没再责备我，这要是换了其他人肯定会狠狠地责骂一通。姑娘们都羡慕不已。这都是因为我有个厉害的姐姐。虽然我们只是住在别人家里替别人看家，可姐姐是大黑屋的大卷，所以本姑娘还轮不到被长吉之流来欺负，真想不到龙华寺的大少爷竟然敢侮辱我！

于是，她再不去学校，任性骄矜的大小姐怎能受此大辱？她折断石笔丢掉石墨，扔掉书本算盘，跟好朋友玩到天昏地暗。

---

① 大黑神是日本七福神之一，和佛教的大黑天不同，大黑屋老板以之为生意的守护神。

第八回

　　载着夜色呼啸而来，驾着拂晓悄悄离开，徒留寂寞与情愁。有人怕被认出，便用帽子遮住双目，或用毛巾包住脑袋，走在路上不断回味着离别时刻美人的温柔一击①，越是沉重就越觉得兴奋，不禁露出狰狞阴森的呆笑，那东倒西歪的可怜相，真是狼狈。这些人啊走到坂本时可要注意，小心别被千住②回来的运蔬菜车撞到。难怪三岛神社到花街的那段路被称作疯人街。那些人，脸上松松垮垮，嘴巴歪歪扭扭。"什么堂堂七尺男儿，到了这儿全都一文不名！"有人站在十字街口放肆地说。

　　"杨家有女初长成"，《长恨歌》的爱情故事尽人皆知。当下，

---

① 日本花柳街的妓女送走顾客时，会狠狠地在他们背上击打，据说这样是警告他们不要另寻新欢。

② 日本地名。一直到昭和前期，每日有贩卖蔬菜、河鱼的早市。

家家户户把女儿当成宝贝疙瘩，大杂院里的辉夜姬^①数不胜数。

筑地那个早已改头换面的美人阿雪，专门侍奉达官贵人，舞姿曼妙腰肢软，还在宴席上装腔作势地问大米是不是长在树上，故作天真烂漫的模样，其实以前不过是小胡同的丫头片子，在家时做做花牌^②当副业，没想到现在名声如此之盛。但，去者日以疏^③，烟花绚烂只是一时。

第二朵名花则是染坊店的姑娘小吉，如今已在千束町里挂起了神灯^④，高树艳帜的佳人尤物原也是胡同出身。街谈巷议无非都是红极一时的名妓吧。而男人们呢，都像是在垃圾堆找食吃的大黑斑狗一样，沦为毫无用处的摆设。这附近的年轻小伙子们被叫作"大街娃儿"，从血气方刚的十七八岁起，就结伴成五人组、七人组，虽说没有人在腰里别上尺八装门面，倒也各自追随头目过府游舟，裹上同款毛巾，提上长提笼。没学会玩色子^⑤之前，只能在格子门开开玩笑罢了。他们白天拼命干活补贴家用，晚上洗完澡就套上木屐，换上七五三^⑥的和服。"看见谁谁家新来的妓女了吗？跟金杉^⑦卖丝线家的姑娘挺像，就

---

① 辉夜姬是日本最古老的物语文学作品《竹取物语》中的女主角。
② 花纸牌，将不同的花牌互相搭配起来玩的一种日本纸牌。
③ 《古诗十九首》中的一句。
④ 游里附近的小吃店或艺伎等的房间门口悬挂的灯笼。
⑤ 公元4世纪前后由中国传入日本。
⑥ 风流子弟为了使身材苗条，把尺寸放窄缝制成的和服。日本男人的标准和服尺寸则为八六四。
⑦ 日本地名。

是鼻子比她低一些。"这些人每天都在盘算这些事，挨家挨户地在格子门里死乞白赖地讨要些烟草鼻纸，将打情骂俏当作最值得夸耀的事情。也有正经人家的少东家不学好，在大门前撒泼耍赖的。

不难看出这里是女人的天下，五丁目不分春秋熙熙攘攘，如今已不太有人提灯送客① 但妓楼里木屐艳伏，缓歌曼舞多娇媚，让人不由得心驰神往想要钻进花街。若有人问："去看什么？"答曰："红衣襟，赭熊髻，裲裆衫②，粲然一笑顾盼生姿，说不出来的美丽。"这里花魁的美妙，没到过这里的人自然不明了。

朝朝暮暮生活于斯，恰如白衣衫染上了红颜料。在美登利眼里，那些男人根本不值一提，亦不认为妓女这个职业有什么低贱。曾几何时，泪眼婆娑地望着姐姐离开家乡的场景早已如同幻梦，如今她倒是羡慕姐姐可以孝敬父母了。不过身为御职③的姐姐那无处倾诉的哀愁苦闷，她哪里知晓啊。招呼客人时默念的老鼠咒文④，以及离别时背上一击的奥秘，她权当有趣的事情听。

---

① 当时狎妓的风俗，先进茶屋，再由茶屋内年轻的姑娘引至娼楼。
② 日本妇女礼服之一，裙裾拖地，花街里只有头等妓女才能穿这种衣服。
③ 妓女的最高等级，只有高级妓楼里每月收入最多的妓女才能获得这种地位，"御职"的排场很大，在妓楼里受到特别优遇。
④ 日本妓女在等待情人或没有生意时，蹲在妓楼格子门旁学老鼠的叫声，据说这样客人就会上门。

小小年纪出入花粉之地，也不会觉得害羞，说起来也叫人心疼。她还不过十四岁光景，那颗抱着玩偶亲亲脸蛋的童心跟贵族公主们没什么区别。然而美登利平时只在学校学一些修身家政课程，实际上耳闻目睹的都是些情呀爱呀的风情蜜语，朝夕间接触的都是艳丽的被褥呀寝具呀，她认为花哨的就是体面的，反之则是寒酸，在世事真理还分辨不清的年纪里，一颗小小的心被眼前花里胡哨的东西浸染着，最紧要的是那不驯顺的脾性，让她一直活在虚无缥缈的云端世界。

"疯子街道，迷糊街道。"早起归家的老爷们离开之后，大街慢慢苏醒过来。大门前画出了波浪形的扫帚痕迹，从洒上水的街道一眼望去，熙攘的人流朝此处涌来。来了来了，在万年町、山伏町、新谷町附近这些人，个个掌握一艺一技，姑且称作艺人。有糖果担子、惊险杂技、耍木偶戏、大神舞、住吉舞、耍狮子……装扮千奇百怪，有人穿着俏皮的绉绸亮纱，有人穿着洗得褪色的萨摩布，有人系着黑缎子窄腰带，俊男靓女，五人一群、七人一群、十人一群，好不热闹。他们中间，还有个孤零零的瘦削老翁抱着破烂的三味线穿街而过。人群中有五六个小女娃，系着红红的揽袖带，装扮成跳纪州国舞蹈的模样。艺人们专门给堂子里歇脚的客人和妓女们消愁解闷，一入吉原此生便有依附，谁也看不上附近街道上的微薄收入，就连衣衫破烂的叫花子也不在那里停留，可谓有趣。

有个模样俊俏的上等艺人，用草帽遮住脸颊，她唱歌一流、琴技一流。

"但她从来不在这条街上唱，真可气！"笔店老板娘在旁咂舌。

刚从浴室出来的美登利坐在店前，无聊地观望往来路人，她将盖住了脸的刘海用黄杨木梳向上将了将，说：

"伯母我去把那个艺人叫过来。"

她啪嗒啪嗒地跑过去拉住那个人的袖子，在里面塞了一点东西进去，回去后只是微笑，不肯说出此中奥秘。艺人正中大家喜好，唱了一首《鸣鸟》[1]，随后又娇滴滴地回应："承蒙姑娘照顾。"

"看来花的代价不小呢！"

"这也是孩子做的事情？"

相比惊讶于艺人的绝技，人们更诧异于美登利的小招数。

"我真想把所有的艺人都叫到这边来，三味线、吹笛子、敲太鼓，大家唱唱跳跳，别出心裁地好好玩耍一番。"

正太听了以后，吃惊地呆在那里，说："我可不喜欢。"

---

① 净琉璃《鸣鸟梦泡雪》。

第九回

如是我闻，佛说阿弥陀经……

念佛声伴随着阵阵松涛，拂拭着人们心头的尘埃。

可这寺院的厨房却飘出烤鱼的缕缕炊烟，墓地上还晾晒着婴儿尿布。僧人派别不同本无可厚非，但"法师如木屑"[①]，总有人会斥责他们不守清规。

龙华寺的大和尚，肚皮和家业一样浑圆满满，脸上的光彩该如何形容更适当呢？从剃得光溜溜的头顶开始，脸颊、脖子散发着红黑发亮的光泽，不是樱花的粉红，也不是桃花的绯红，一点儿杂色都没有。当他舒展着那混杂白毫的浓眉纵情大笑的时候，真让人担心会把正殿如来吓得从台座上滚

---

① 法师如木屑，出自《枕草子》第五段。

落下来。

方丈夫人刚过四十岁，皮肤白净，头发稀疏，梳着一个小小的椭圆形发髻，看起来倒也顺眼。她对待参拜者和蔼可亲，从没听见寺庙前那个爱嚼舌根的花店老板在背后说过她半句坏话，由此可见，那花店老板娘定是得了夫人不少恩惠，隔三岔五就会收到旧浴衣、剩菜剩饭吧。方丈夫人原本也是寺院的施主，但后来丈夫早逝，无依无靠，只得暂时寄住在寺院里做一些针线活。为了养活自己，她不但洗洗涮涮生火做饭，还去帮忙打扫墓地，做些男人们的活计。

和尚觉得她在这里很划算，也对她心生怜悯。女人其实心知肚明，虽然二人年龄相差二十来岁有点不成体统，但顾念到飘零之身，这样还能有个归宿，也就不再理会世人的眼光。这事不是很光彩，但女人心地良善，施主们也就不妄加评论了。怀了大女儿阿花时，施主中那个开油坊店的爱管闲事的老头坂本便做媒人，对外公布了他们的关系。

他们育有一儿一女，儿子就是信如。信如整日待在房间里，养成了阴郁的性格。姐姐阿花皮肤白嫩，圆圆的双下巴很是惹人喜爱，谈不上是大美人，可是正值豆蔻年华，也是这里的风云姑娘之一。让阿花乖乖待在家里未免有点可惜，可总不能让寺院方丈的女儿去当艺伎吧？还从没听说释迦牟尼的地界有人弹三味线呢，好歹得忌惮人言。老和尚索性就在田町开设了一间茶庄，装饰得风雅幽静，让自家女儿在账房招徕生意。那些从不精打细算的年轻人果然趋之若鹜，不到夜里十二点店里的客人是绝对不会走的。

方丈可真是忙啊，要账清账，巡视店面，举办法事，每月还有固定几日要讲经布道。又看账本又诵佛经，真担心他身体怎么吃得消呢？夕阳西下，他习惯在回廊上铺一张花席子，光着膀子摇着大蒲扇，然后满满地斟上大一杯烧酒，下酒菜则是大街武藏町的烧鳗鱼。到饭馆订菜是信如的工作，因为心里一百个一千个不乐意，他走路的时候也不敢抬头。隐约传来斜对面笔店孩子的说话声，也仿佛正在笑话自己似的。他先是一副佯装不知的表情走过鳗鱼店，观察到四下无人时便三步并作两步地飞奔进店。真是让他难受得要命。他心里默念："我绝不吃荤腥。"

老和尚不管到哪里都很自在，偶尔听到有人说他贪心的传闻，他也毫不介意。要是闲下来，他说不定还想做竹耙吉祥物赚点钱呢。腊月酉日那天，他在寺院门前的空地上摆了个卖簪子的小摊位，让太太去叫卖。"如意簪子——簪子如意——"方丈太太用毛巾包着头，刚开始还有点放不开，但一听说隔壁那位手工外行还大赚了一笔，于是乎开始思忖："人多拥挤，谁能想到摆摊的是我呢？天色暗下来就更不明显了。"所以，白天的时候，簪子小摊由花店的老板娘照应，晚上她就亲自上阵招呼客人，一心想着赚钱暂时忘记了身份，不知不觉间声调越来越高。"少算点儿，少算点儿——"把嫌贵的顾客又拽回去。潮水般的人群你推我让，买东西的人被挤得头晕目眩，竟忘记了自己前天还来这里拜佛许愿。

"三支簪子七十五钱可以不？"

"一次买你五支算三分钱吧。"

人世黑暗中偷偷赚钱的例子还有很多。

信如打心眼里鄙视这种行为。虽然还没有传到施主们的耳朵里去，起码要顾及行坊四邻的想法吧。"龙华寺改成簪子铺啦！"万一小伙伴们再议论起来那可怎么办？信如看到母亲疯狂叫卖的样子就觉得无比自容，曾劝道："这样的事情适可而止吧。"老和尚哈哈大笑："别说了，你知道什么？你还嫩得很呢！"早间念佛晚上查账，看着他手握算盘笑嘻嘻地溜达的样子，虽然是亲爹，信如还是感到太下作。

"父亲当初为什么要剃发出家呢？"信如恨恨地想。

方丈的家庭儿女双全，按理说一个和谐美满的家庭本不会培养出阴郁气质的孩子。但是信如生来安分，父亲的职业、母亲的行为、姐姐的教养，在他看来全都是错的，但是说出来也不会有人听，他只好断了念想独自悲哀。自己的话语又毫无分量，越发觉得世间无味，同学们都说他性情古怪，实际上只他是脆弱低落罢了。听见别人说自己的坏话，他连站起来理论争辩的勇气都没有，只好窝在家里尽量独处。信如虽然个性胆怯，可由于成绩优异，也并没人嘲笑他是胆小鬼。不过，也有讨厌他的人说："龙华寺那家伙就跟半生不熟的年糕似的，心里硬得很。"

第十回

　　祭典那晚，信如受方文夫人嘱咐去田街姐姐那里，直到很晚才回家，他做梦也没有想到大家竟在笔店大打出手。第二天丑松、文治跟他形容一通，他才如梦初醒。长吉的霸道果真不是虚言，事已至此再去责备他也没有用．只是深切感到长吉打着自己的名号所带来的麻烦，虽然不是自己做的事，终究觉得也有责任。

　　长吉也明白自己这次的确过分了，一直不敢见信如，三四天也瞧不见人影。等打架的风声稍稍平息，他才去找信如道歉：

　　"我知道你肯定生我的气，但那时候大家的血全都涌上来了，一时也没法冷静。谁知道那个正太不在人堆里面啊！谁想把那个臭娘们当对手啊！谁想去打三五郎啊！但已经提着灯笼大摇大摆地进去了，总不能灰溜溜出来吧？不过是附和一下形势罢了……好吧，说来说去都是我不好，没听你的话是我的不对，如果你也生我气，那我就得不偿失了。因为你在我才觉得自己有后盾，就像渡海有了大船，要是你也不管我，那我就真的无路可走了。不管你多么不情愿还是请你当咱们的老大，要是没有你咱们就不成样子啦……"

看见他认真道歉的样子，信如也不好回绝。

"没办法，走一步算一步吧，不过欺负弱小是我们丢脸了，跟三五郎、美登利打架有什么意思，要是正太找上门来咱们再议，千万记得我们不能先出手。"信如并没怎么骂长吉，只祈求别再闹出什么风波。

无辜的是小胡同的三五郎，他又被摔又挨踢，接下来的两三天是走也疼站着也疼，到了晚上还要帮父亲把空车送到五十轩的茶馆。

"阿三，怎么了？看起来一点儿精神也没有。"相熟的厨房大师傅问道。

父亲对上面的人从来都是点头哈腰，花街的老爷们自不必说，就连房东们、地主们的无理也全盘接受。若三五郎跟父亲告状："我跟长吉打架了，他狠狠揍了我一顿。"父亲一定狠狠斥责自己儿子："这也没法子啊，他是房主的儿子，就算你有理，就算他不对，那你也不能跟他打架呀，你快去跟他道歉，快去，你这个没用的家伙！"最后三五郎肯定还要硬着头皮去给长吉道歉，所以他只好咬牙坚持。大概过了十来天，三五郎好了伤疤忘了疼，为了两分钱的零花钱便开开心心地去给房东看孩子了。"睡觉睡觉，宝宝快睡觉……"三五郎背着娃娃转来转去。十六岁正是臭美自大的年纪，但是他一点儿没觉得不好意思。有时去到大街上，便会被美登利和正太他们揶揄："你这人真没骨气！"尽管被他们挤对，三五郎依旧把他们当朋友。

从春日樱花灿烂的时节开始，经过灯影迷蒙悼念名妓玉菊①的日子，马上就到了表演仁和贺戏的秋季。短短十分钟时间，这条街上就飞奔过七十五辆洋车。等第二场节目过后，不知不觉间红蜻蜓款款飞过田园蓼丛，横堀里鹌鹑的叫声也越来越近②；朝夕间飒爽的秋风吹拂在身，怀炉也将上清蚊香取而代之。石桥田村磨粉舂米的声音带着一丝寂寞，角海老的钟声回响着悲切的余韵③，声声哀苦；日暮里④四季不绝的灯火乃是烧骨的青烟，更是让人不胜悲痛。背街茶馆那条堤坝旁的小路飘落着三味线的音符，仰头倾听，仲之町的艺伎们歌声婉转：

"郎情妾意枕边拥……"

不知为何，听起来凄凄惨惨。

"从这个季节开始，出没在这倡寮街上的不再是攀花折柳

<hr>

① 玉菊是大美人，名妓花魁，吉原的妓院和馆子为了纪念她，每年盂兰盆节时会在花街内悬挂各种各样的灯笼。
② 此处援引藤原俊成的和歌。
③ 吉原的角海老时钟塔位于大门的柱子上。
④ 日暮里在东京市郊，有火葬场。

的轻浮嫖客，大多是认真实在的老好人。"刚刚在艺伎那里干完活的女人说。

最近一些事情写起来不免絮叨，大音寺前发生了一件罕见的稀奇事：一个二十出头的盲人按摩姑娘，因无果的恋情而怨恨自己残疾的身体，最后在水谷池投水自尽。还有，蔬菜铺的吉五郎连带着木匠太吉彻底失踪。要问是怎么回事，有人则用手指指鼻子①。此后，便是日光之下再无新事了。在大路那边，几个天真烂漫的孩子牵起小手唱着歌谣："开花吧，开花吧，开的什么花啊！"纯真的戏耍更凸显街道的寂然。唯有通往花街的车马声，依旧生机勃勃。

在一个淅沥雨点陡然间变成骤雨的寂寞秋夜，估摸着不会有客人上门，一入夜笔店老板娘就关上门扇，屋子里照例是美登利、正太郎和两三个孩子，他们凑在一起玩数细螺②的童年游戏。突然间，美登利竖起耳朵："是不是有人来买东西啊，我听见踏沟板③的脚步声了。"

"是吗？我怎么一点也没听见。"正太停下手，高兴地说，"可能是有小朋友来了吧。"

到门口的脚步声突然间消失了，什么动静也没有。

---

① 日语里"花"同"鼻"同音，这句话的意思是打花牌赌钱被逮捕了。
② 疣蜗螺，算盘珠形，此处指孩子们玩的游戏。
③ 盖在脏水沟上的盖板。

第十一回

正太郎打开小门，伸出脑袋喊道："喂，谁啊？"

那人已走出去两三户人家了。看到他离开的背影，正太又喊了一声："喂，谁啊？进来啊——"脚下趿着美登利的高齿木屐，不顾外面的雨水就想往外跑。"啊——原来是那个家伙！"

他回过头说："美登利姑娘，叫他他也不会来的，是那个人。"正太在自己的头上画了一个圆。

"是阿信？"美登利应了一声，"讨厌的臭和尚，准是来买毛笔的吧，知道咱们在这里，站在门外听了一会儿就回去了。心眼儿坏的家伙，脾气古怪，别别扭扭的怪人，口吃又没牙，讨厌的东西，他要是进来一定得好好折磨折磨他，可惜他走了，谁把木屐借给我，我去会会他。"

美登利抢在正太前面把头伸出屋外，檐下一滴雨落在她的刘海儿上，"呀！好难受——"她嗖地缩回脖子。

隔着四五家房子，昏黄的路灯下是信如的背影，他打着大黑伞踽踽独行，美登利一直，一直，一直目送着……

"美登利你怎么了？"正太感到很奇怪，拍了拍她的背。

"没什么。"美登利若无其事地回答，一边说快回去数细螺，一边咒骂着，"真是没有比他更讨厌的家伙了，不敢当面耍威风，装出一副和善温顺的面孔，脾气却阴阳怪气的，没有比他更可恶的人了。我娘说，叽里呱啦的人都心直口快，你看他那扭扭捏捏的样子一定不是什么善茬，是不是，阿正？"美登利一个劲地说着信如的坏话。

"说实在的，龙华寺那个家伙还懂点儿事，那个长吉嘛，可就……"正太模仿大人的口吻神气十足地说道。

"行了阿正，小孩子家家的可笑不可笑，你可真是个小滑稽。"美登利戳戳正太的脸蛋，被他一本正经的样子逗得咯咯直笑。

"俺过不了多久就会变成大人啊，就跟莆田屋的老板那样，穿上方袖大衣，再带上祖母给我收着的那块金怀表，还要戴个金戒指，吸卷烟……穿啥鞋子哩？跟木屐相比我还是更喜欢雪驮，三层底素花缎鼻绳的雪驮，我要是穿上一定很帅吧。"

美登利吃吃地笑道："小矮个子还要穿上方袖子大衣和雪驮，天啊，要多可笑有多可笑，走起路来多像眼药瓶子呀！"

正太被美登利贬斥一通。

"净胡说，那时候我早长得高高的，不会一直这么矮的。"正太神气地回击。

"谁知道那都是什么时候的事情了，你瞧，天井的老鼠看你呢。"美登利指着上面，笔店老板娘和在座的孩子们都笑得前仰后合。

只有正太一本正经，骨碌骨碌地转动着大眼珠子，义正词严地说："美登利你是不是以为我在说笑？但是谁都会长大啊，我的话哪里好笑啊，长大了我一定会娶个美美的新媳妇。我只喜欢长得美的，万一娶了煎饼铺阿福那样的麻子脸，或是柴火铺的大奔儿头，我立刻就把她们赶出去，绝不允许进家门，我讨厌脸上有麻子和痤疮的女人。"

老板娘哭笑不得。"既然这样，正太为什么还要来我店里呢？没看见我脸上的麻子吗？"

"但你是老年人，我在说新媳妇，上岁数的人怎么着都行。"

"哎呀，我说错话了。"笔店老板娘打趣地说，"咱们街上的漂亮姑娘有花店的阿六和水果铺的阿喜，但是呢……但是……最最漂亮的就在你身旁，正太到底喜欢哪一个呢？是阿六的秀美双眸，还是阿喜唱清元小调的嗓音呢？说，到底喜欢哪一个？"

被人追问，正太的脸唰的一下变红了。"阿六阿喜什么的，谁喜欢啊……"他稍微往后靠了靠，藏在墙边的角落里。

"哎呀，那就是喜欢美登利姑娘啰，就这么定啦？"

"谁知道那些事，什么事啊……"被人戳中了心事，正太一个转身面对着墙，手指弹着壁纸小声唱起歌谣，"转吧，转吧，小水车……"

美登利把大家的螺壳拢到一起。

"哈哈，再玩一遍。"她的脸一点儿都没红。

第十二回

　　信如每次去田街的时候，即使没什么特别必要的事情，也会特地绕到河堤旁的小路，只因堤旁那扇小小的格子门。

　　门里面是风趣可爱的，不仅摆放着来自鞍马山的石灯笼，还围着一圈荻叶编就的袖篱笆，屋檐下悠悠飘动的卷帘也让人涌起一股怀恋之情。

　　透过那扇隔心镶嵌玻璃的高雅屏风，仿佛能看到里面端坐着按察使的遗孀[1]，她在静默室内持诵念珠，而恍惚间，剪了垂肩发的若紫，也会从门里悄然踏出似的，这就是令人神思斐然的大黑屋别院。

　　正值秋冬之交，从昨日开始，天空始终挂着蒙蒙雨丝。一

---

[1]　按察使的遗孀和下文的若紫都是《源氏物语》中的人物。

缝好女儿拜托她做的长衬袄，信如的母亲心里就盼望着闺女能早点儿穿在身上。于是吩咐儿子说："辛苦你了，上学的时候顺便把棉袄送过去吧，阿花姐姐可能正等着穿呢。"信如是个性情温顺的孩子，一般不会反驳母亲。他连声诺诺，抱起小包袱，穿上一双带有小仓布灰绳带和朴底齿的木屐，撑起一把纸伞出门去了。

从黑齿沟的街口那边拐个弯，沿着熟悉的小路一直向前，碰巧走到大黑屋门口时，突然狂风大作，他的大黑伞被向上抓起，那阵势就像要把他拉上天一样猛烈。

还没等他站稳脚跟，木屐的前绳带断了。唉，祸不单行，与伞相比，绳带成了最打紧的事了。

信如为难地搔头咂嘴，但是又有什么办法呢？他只得将伞倚靠在大黑屋的门边，在雨中屋檐下修理绳带。唉，平日里老成持重的佛门少爷哪里习惯这等事情呢。心里火急火燎，现实却毫无变化，扯来拽去，怎么也穿不好木屐带子。他只好从袖子里抓出大半张写作文的草稿，想着把它扯成细纸绳那样的长条状。但是这鬼天气却像故意刁难人似的，劈头盖脸地落下来一阵狂风暴雨，立在门边的雨伞被骨碌碌地刮跑了。

"浑蛋！"信如暗暗咒骂一声。刚想要抓住雨伞，膝上的小布包却不小心滑落，在泥地里打了个滚儿，而他的袖子也沾满泥污了。

可怜的信如站在雨里，不仅没有打伞，还在半路上把木屐绳带踩断了。倚在屏风后面的美登利姑娘透过玻璃门遥遥地望着这里发生的一切。她对母亲说："外面好像有个人的绳带断了，我去给他送一片布可以吧？"说罢就从放针线的小盒里拿出一片友禅染绉绸，然后踩上院子里的木屐，拿起门边的阳伞就匆匆踏上了庭院铺石，雨中，伞还未撑开。

一看见那个人，就像看见了什么不得了的东西，美登利的脸马上就变成了红苹果，心里犹如小鹿乱撞。她怕被人瞧见，一直小心翼翼地回头张望。信如猛一回头看见了美登利，但是却没有说一句话，他在雨中尴尬得出了一身冷汗，多想就这样光脚赶快跑开呀。

按照美登利以往的做派，一定会指着信如的窘迫样子，大声地朝他说些刻薄话："看那，看哪，这个大傻瓜！"然后捧着肚子笑得前仰后合，末了还会连声训斥几句："你竟然为了报复正太来我们这找麻烦。阿三多可怜，被你们那么多人狠狠地摔在地上。你挺有主见啊，躲在背后发号施令！喂，快向我们道歉！还假借长吉之口说我是叫花子，谁不知道长吉是受了你的挑唆？我是不是叫花子都不会跟你要一口饭的。我美登利有爹生有娘养，还有大黑屋老板和花魁姐姐扶持，才不会指望你这种臭和尚来照顾呢。闲得你骂我是叫花子！而且你有话直说，别偷偷摸摸的，我说话算数随时奉陪！"

本想紧紧拽着信如的袖子来质问一番，事实却恰好相反，她悄悄地躲在隔扇后面，茫然无顾，只是心脏一直扑通扑通的，这一点儿也不像以往的美登利了。

第十三回

一想到这里是大黑屋，信如就会毛骨悚然，只想埋着头快步走过。可，不凑巧的雨，不合适的风，不争气的绳带，让他只好停在大黑屋门前捻纸绳。狼狈的事情还不只如此，这时背后响起了踩踏庭石的脚步声，信如就像从头上被浇了一盆冷水似的，他没有回头却也想知道是谁，浑身哆哆嗦嗦地颤抖着，脸上顿时失去了血色。他背着身装作努力修理绳带的样子，恍恍惚惚如在梦中。但是不管怎么忙活，这带子总也捻不好。

院子里的美登利伸着脑袋。"那个人真笨，那样怎么能修好呢，纸绳捻成那个样子，就算是拿稻秆捆住趾襻也不顶事啊，看吧看吧，外褂袖子拖到地上了，全是泥也不知道吗？哎呀，伞又刮跑了，把伞收起来放好不就行了？每一个动作都笨到家了……"

她心烦意乱，却不敢张口对他说："这里有小布条，你用这个来做绳带吧。"

美登利茫然地呆立在雨中，袖子也被淋湿，她毫不在意天上的雨，藏着半截身子，朝那边偷偷望着。

此刻，毫不知情的母亲喊道："火都生好了，美登利你在外面玩什么呢？下雨天跑到外面去可不是闹着玩的，别再像上次那样感冒了——"

"好的，我这就回去——"美登利大声回答。

想到信如一定听见了自己的声音，她不由得害羞了，心里怦怦跳，脸红到了耳朵根。到底要怎么办才好呢？开门出去不好意思，袖手旁观过意不去，左思右想之后，她把小布条从格子门里扔了出去。

信如却装作一副没看见的模样。

还是以前那样，美登利浮现出落寞的神情，几滴眼泪挂在脸颊。你究竟为什么这么讨厌我，为什么要装作这么无情，该抱怨的应该是我啊，太过分了！纠结的心情压迫着少女心怀。

娘一遍一遍地喊着，她没办法，只得一步一步地退着。"不要依依不舍了，我这样子多没志气。"

索性一转身，踏着小石子咯噔咯噔地跑回屋了。

信如怅然若失，胭脂色的友禅染被雨水浸湿，像一片红叶散落在脚边，心头别是一番滋味。他始终没有拾起小红绸，只黯然独立雨中。

自己的手实在太笨，信如放弃了捻纸绳，他把外套上的长带子拽下，一圈圈地缠绕起来，也不管好看赖看，抬起脚踩了踩，不用说，走路当然费劲。一想到还要走到田街他的心里就直打鼓。无奈之下把小包袱夹在腋下准备起身离开，刚走到门口，那片鲜红的友禅染又映在眼帘，他无限留恋地回头张望。

"信如君，怎么了，鼻绳断了？瞧你，怪难看的啊。"突然听到一个声音这样说。

信如吃惊地回头，原来是小霸王长吉。看样子他是刚从游廓里出来，浴衣上还套了一件唐栈衣，腰间的柿色三尺带子依旧别得低低的，最外面的是黑八衣襟的新外套；手上举着印有字号的雨伞，高齿木屐的皮面应该是早上新换的，漆色鲜艳，真可谓春风得意。

"我的绳带断了，不知道怎么办才好，真是为难啊。"信如没底气地说着。

"是吧；你哪里会修理绳带啊。好啦，你穿我的木屐走吧，我的没问题。"

"那你……"

"我都习惯了。"长吉一边说一边把衣角往上卷，然后掖在腰带里，潇洒地脱下脚上的木屐。

"你光着脚，能行吗？"信如很过意不去。

119

"没关系，我习惯了，但是信如君你的脚底板太娇嫩，走不了石子路，好了，快穿上走吧。"长吉亲切地把鞋摆在信如面前，被人们像躲瘟神一样躲避的长吉竟然也有这种柔情的时刻。

　　看他毛毛虫般的波浪眉一起一伏，和声细语说话的样子特别有趣。

　　"信如，我帮你把木屐拿回去，扔厨房里不碍事吧？快点儿换上啊。"长吉又交代一番，单手提起断了绳带的木屐。"那么，信如君走吧，回头咱们学校见。"

　　两个人就此分别。信如去往田街姐姐那里，长吉则朝自己家走去。

　　雨中的友禅染，寂怜怜地留在格子门外的空地上。

第十四回

今年冬天有三个酉日，其中一个因下雨而泡汤了，三酉前后几日都是好天气，于是乎大鸟神社门前熙熙攘攘，年轻人成群结队，打着参拜神社的名义从检查所那边蜂拥而来，嬉笑声简直要天崩地裂，中之町的街道骤然间让人不辨东西，但人潮依然从角町、京町①的吊桥上涌来。"嘿呀，嘿呀——"有人学着划船的叫喊声用力拨开人群。

河岸小店里莺啼婉转，大妓楼上温柔软乡，轻柔的三弦声此起彼伏，种种声音汇聚成一条河流，此中奥妙凡是听过的人就再也忘不掉了。这一天，正太郎不用去收利钱，他先去看了看三五郎的白薯摊，又去瞅瞅米团子店的傻大个。

---

① 日本地名。

他问傻大个："赚了多少钱啊？"

"阿正，你来得正好。豆沙馅没有了，没东西卖了，我刚煮上，供不上客人吃了，怎么办才好啊？"傻大个跟正太商量。

"你这个没头脑的家伙，锅边上不是还有那么多豆沙啊！不用也都浪费了，你把它们弄到开水里再加上白糖，不也能供上十个二十个人吗？哪里都是这么做的，不只你这里。吵吵闹闹的谁顾得上啊？卖团子啦，卖团子啦——"正太一边叫嚷着一边把糖罐子拉过来。

独眼的傻子娘都看愣了。"不愧是实打实的生意人，聪明得很！"

"这点小事算什么聪明啊，刚才小胡同那家店铺里也没有豆沙馅料了，我看见他们也是这么做的，这可不是我发明的啊。"正太丢下一句解释，又问，"你知不知道美登利在哪里？我大早起就开始找她，哪里都没找见，也不在笔店里，是不是去花街了？"

"哦，美登利姑娘啊，刚才还看见她从俺家门前路过呢，从扬屋街的吊桥那走过去了，真的正太，了不得了呢！今天啊，她梳了一个这样的岛田髻①！"傻大个连擤鼻涕带比画。

---

① 岛田髻，日本未婚少女常梳的一种发髻。

正太低下头沉沉地说：'真好看呢，比大卷姐姐还要美呢！但是那个姑娘要是成了花魁，就太让人心疼了——"

"这不是正好吗？要是她成了花魁，我来年更要卖点时令货多赚些钱，然后拿着银子去嫖她。"傻子显出一副傻样。

"你别吹牛了，你要是去的话肯定会吃闭门羹。"

"为啥为啥？"

"啥也不为，自然有原因。"正太微微红着脸笑着说。

"那么我先出去转悠转悠，一会儿再过来。"正太寒暄几句便离开了。

"娉娉婷婷十六初，翩翩蝶儿花枝俏——"正太怪里怪气地哼着流行小曲，嘴里又反复念唱着"吾心伤悲"，雪驮的嗒嗒声混入了人群，小丶的身影倏地不见了。

推推搡搡，终于到了花街的拐角，对面有个姑娘跟领班的新媳妇牵着手一边说话一边朝这边走着。没错，正是大黑屋的美登利。正如傻子所说，她今天梳了清丽的岛田髻，发髻上绑着棉花缎子，一簇簇为，头上玳瑁斜簪，流苏花簪子忽闪忽闪的。今天的她比任何时候都要光彩照人，看起来宛若京都偶人，正太都看呆了，并未像往常一样过去拉住她的袖子，只是出神地凝望。

"那是正太吗？"美登利先一步跑过来。

"阿妻你不是要去买东西吗？咱们在这分开吧，我跟他一

123

起回去了，再见。"美登利温柔地低头道别。

"小美，你可真是的，现在又不让我送你了。那这样的话，我自己去京町买东西啰。"阿妻迈着小步子，跑进小径纷乱狭长的房屋。

正太这才回过神，拽着美登利的袖子，骄矜地埋怨道："跟你真配啊！你什么时候梳的？今儿早上还是昨晚，怎么没让我看看呢。"

"今天早上在姐姐那儿梳的，我不情愿也没办法。"美登利低下头，怕路上行人看见，真难为情。

第十五回

美登利又郁闷又害羞，就像身上发生了羞于启齿的事情，别人的夸赞听起来也像是呵讽。人们艳羡不已地回头看那美丽的岛田髻，她就怀疑是不是在嘲笑自己。她对正太说："我要回家了。"

"今天不玩了吗？你是不是被谁骂了？还是跟大卷姐姐吵架了？"正太孩子气地问道。

对方没有回答，只是脸上飞着红霞，二人结伴走过团子摊前的时候，傻子在里面夸张地喊了一句："真亲热啊！"

"正太你快别跟我一起走了。"美登利一下变得很丧气，于是把正太晾在一边快步走了。

原本说好一起去百日祭典，她却中途改了主意，一个劲儿地往家走。

125

"你为什么不跟我一起？你怎么要往那边走啊，过分了啊！"正太还是那种撒娇的口气。

　　美登利头也不回地往那边走，全然不知怎么回事的正太呆若木鸡，赶紧追上去紧紧揪住美登利的袖子，问："你好奇怪啊！"

　　美登利的脸红彤彤的，只说了一句："没什么。"声音里明明是有什么。

　　美登利一下子就溜进了别院的大门。正太常来这里玩耍，熟不拘礼也就紧跟着美登利，顺着廊檐径直走进了屋子里。母亲见状说："正太来了啊，来得正好，从早晨开始美登利就不高兴，大家都犯难呢，你跟她玩一会儿吧。"

　　正太一副大人模样，毕恭毕敬道："她心情不好吗？"

　　"不是。"美登利的娘意味深长地微笑，"过一阵就好了，她呀，总是这么任性，想必经常跟小伙伴们吵架吧，真是难缠的大小姐啊！"

　　回头一看，美登利抱着小被子到席子房间去了，她把腰带和外衣扔在一边，趴在被子里一句话也不说。

　　正太小心翼翼地走到枕边，问："美登利你是怎么了？是生病了吗？心情不好吗？到底是怎么了？"他不敢再靠近，把手放在膝盖上摩挲着，心里很慌。

　　美登利还是什么都没说，拂袖抽泣起来，垂下的刘海儿也被浸湿了。虽然知道这里面一定有事，还是小孩子的正太却说不出安慰的话，只是一个劲儿地苦恼。

"你究竟是怎么了？我也没惹你，你干吗生这么大的气啊？"正太伸长脖子，无法应付这一场面。

美登利拭去眼角的泪水，道："正太，我并没有生你的气。"

"那你到底为什么这个样子？"被正太一问，那乱七八糟的烦心事又浮现眼前。这如何开口讲呢？她沉默不语脸颊泛红，其实也并非什么大事，然而心底的思虑越发沉重。

倒回昨天，美登利还完全不知道女孩子身上会发生这种事，羞羞答答更与何人说。要是可以的话，她真想躲在幽暗的房间，不跟任何人说话，也不让人看见自己，一个人想怎么样就怎么样。那样的话，遇见这样的烦心事，就不用小心旁人的眼光，可以完全按照自己的想法过日子，永远永远守着洋娃娃和纸娃娃，一起玩过家家，那样该多好啊！但是现在呢，好生烦恼，变成大人真是糟糕透了，为什么我要长大啊？好想时光倒流呀！回到七个月、十个月、一年前啊！美登利老成持重地思考着，全然不管正太还在这里，无论正太说什么她都要反驳回去。

"你回去吧，正太，我求你了，你回吧！你要是在这我真想死了，一说话就头疼得厉害。你一说话我就晕，不管是谁来我都觉得烦透了，你快回去吧！"美登利的语调跟以前不同，十分冷漠。

正太百思不得其解，就像坠入茫茫迷雾。她为什么这么奇怪，总是说些不着边际的话，真是奇怪啊！虽然感到相当懊恼，但是极力坚持着，只是懦弱的泪水马上就要忍不住了。

"你给我走，你给我走！你要是再待下去就不是我的朋友了，讨厌的阿正！"美登利生气地说。

"既然如此，我走了，打扰你了，真不好意思……"也没和在浴室里看洗澡水的美登利母亲打招呼，正太噌地站起身就从院子里跑了出去。

第十六回

正太跑着穿过人群，一口气冲到笔店门口。三五郎不知何时已经收了摊子，围裙里的铜钱叮叮当当，他带着弟弟妹妹们，摆出大哥的架势，说："喜欢什么哥哥给你们买。"三五郎正在兴头上，正太跑了进来。

"阿正，刚才还到处找你呢，我今天发啦，想吃什么我请客。"

"瞎说，我才不要你请客，闭嘴吧，别太得意。"正太表现出从未有过的粗暴无礼，也真是郁闷极了。

"什么什么，难不成你跟谁打架了？"三五郎把吃了一半的豆沙面包塞进怀里，"对方是谁，是龙华寺的长吉不？在哪儿打的？花街还是神社前面？这次跟祭典那次不一样，要不是他们偷袭，我是不会吃败仗的，我帮你开路，阿正，咱们大着胆子好好干一架，跟他们比画比画！"

"真是急性子的家伙，我没打架。"说到这里，正太赶紧闭嘴。

"你刚才气冲冲地冲进屋里，我以为你打架了呢。但是正太，今晚上不打的话以后也没机会打了，长吉那小子马上就要丢掉一只胳膊了。"

"什么，你说什么，长吉为什么要少一只胳膊？"

"你还不知道吧，我也是今天早上听我爹跟龙华寺的方丈太太说的。听说过几天阿信要去什么和尚学校了，要是穿上了袈裟可就没法打架了，空荡荡的袖子拖拖拉拉，卷起那长得可怕的大袖子也费事啊。要是这样的话，从明年开始小胡同和大街上的人可就都是你的手下了！"三五郎在一边煽风点火。

"算了吧，给你两分钱就马上投靠长吉了，就是有一百个你这样的弟兄，我也高兴不起来。你乐意去哪边就去哪边，我不需要别人帮忙，我就想真刀实枪地跟龙华寺那个家伙比比。要是他走了那就没办法了，我以前听说藤本要等明年毕业之后才去，怎么这么早就走了，不地道的家伙。"正太啧啧咂嘴。

正太并没有把这件事放在心上，脑子里翻来覆去想的都是美登利。他也不唱歌了，大街上车水马龙，内心却是凄凉孤寂，不觉热闹。从掌灯时分他就窝在笔店里，今天这个酉日真是倒霉透了，这里那里全是怪事。

从这天开始，美登利就像换了一个人，除了有事去花街姐姐那里，再不去大街上玩耍了。小伙伴们觉得无趣，去找她，她也只是口头应付着："好的，这就去这就去！"

就连往常关系亲昵的正太，她也陡然变得生疏了。见人总是羞答答的，脸颊红红，在笔占表演手舞的活泼姿态怕是再难寻觅了。人们觉得奇怪，都疑心她是不是病了，只有她母亲微笑着。

"过不了多久就会显出她原本的个性啦，现在只是暂时休息一下。"她娘意味深长地说。不知底细的人依旧一头雾水，有人夸奖说："也像个大姑娘啦，娴静温柔。"也有人惋惜："好好的有趣的姑娘，真可惜。"

表町的灯火骤然熄灭，清寂凄凉，极少听到正太美妙的歌声。夜色降临，有个提弓形把灯笼的身影怅然走过堤坝，那就是去收利钱的正太。身旁偶尔有三五郎相随，他还是那么滑稽好玩。

龙华寺的信如为了钻研本派教义要出家修行的消息，美登利一直没有听闻。她将有关信如的情思悄然封存于心底，一个人思忖着近来奇怪的心事——含羞脉脉，不与人说。满地清霜映着晨光，不知是谁从格子门外扔进来一朵纸做的水仙花。绵绵依恋中，美登利将其插在搁板架子上的小花瓶里，伫倚廊前，凝望它清美孤绝的姿态。后来无意间听人说起，就在她拾到水仙花的第二天，信如改换了黑色僧衣，前往佛教学校潜心修道去了。

大つごもり

大年夜

上

　　辘轳水井，长约十二寻①；厨房朝北，腊月的过堂风嗖嗖地吹过，寒气透骨。"啊，真难挨——"阿峰在炉灶前拨弄着柴火，想烤一分钟却一直磨蹭着，主家连劈柴之类的事情也大发雷霆，女佣可真辛苦。

　　记得刚开始，那个介绍活计的老婆子说："这家一共六个孩子，但是平常只有大少爷和小小姐在家。夫人有点儿喜怒无常，不过要是有点眼力见儿也无大碍，其实她就是爱听人恭维奉承罢了，你平时机灵一点儿，什么衬领、围裙、腰带啊，一个半个肯定少不了你的。这家家产是町内第一，与此同时，吝啬小气也是当仁不让。好在大老爷为人和气，绝不会少了你的

_____

① 日本惯用长度单位，1寻约为两臂平伸的长度，也用于表示水深。

134

赏钱。你要是不想干了，就给我寄一张便签，简单写上'帮我另寻他处'，我就会继续替你张罗其他活计。总而言之，你听我讲，奉公的秘诀就是——表里不一。"

阿峰心里忖度着：瞧她说的，怎么这么可怕？但还是把心一横，不想再给别人添麻烦。只要自己勤快做工，应该不会不讨主家喜欢吧。就这样，她便有了那个魔鬼一样的主人。

试工结束后的第三天，七岁的小姐午后要温习舞蹈，所以早浴后便要开始练功。霜冻的拂晓时分，夫人在温暖的被窝中咚咚地敲着烟袋锅，喊着"这个，这个——"这个词真比闹钟还让人心惊。阿峰没等喊到三声便起身，未等绑好腰带就先利索地束起揽袖带，走到水井边时还能看见微微月影，刺骨的冷风吹得人睡意全无。浴盆虽然不大，但是拎着两个满满的提桶，来回十三次才能灌满。阿峰大汗淋淋地跑来跑去，木屐的底齿翻翘起来，绳带①也松松垮垮，走路时必须要一直抬着脚指。脚上蹬着坏掉的木屐，两手担着重重的水桶，踩在洗涤槽的冰上，一个没站稳就滑倒了。"啊"还没喊出口，整个人便倒在井台上，小腿狠狠地磕在水井边，白嫩的皮肤上立刻显现瘀青。水桶早被甩到一边，一只完好无事，另一只摔掉了底儿。夫人知道此事后额上青筋暴突，从伺候早饭时就低眉耷拉

---

① 木屐带，系在木屐或草履上的细绳带，也指夹在大拇指和下一趾之间的那部分带子。

眼，一整天没说一句话。也不知道这桶到底有多贵重，好像破了一只桶就会倾家荡产似的。

第二天，太太一直鸡蛋里头挑骨头。"这家里的东西不是大风刮来的，将主人的东西不当回事，当心遭天谴啊！"太太一天到晚说东说西，逮着机会便跟人抱怨一番。阿峰年幼的心羞愧难当，从此之后，她事事谨慎，再也不敢掉以轻心了。

世上雇用婢女的人家虽然不少，但像山村家这样更换频率如此之高的太少了。一个月换两个人是司空见惯，有的人干了三四天就受不了跑回家，更有甚者待了不到一夜便落荒而逃。到目前为止换了多少个用人，若是掰着手指头算算的话，怕是连袖口也会磨破。阿峰吃苦耐劳，在这里当牛做马，太太还说什么要遭天谴的话，那这偌大的东京，应该没有人配当山村家的用人了吧。大家都很钦佩阿峰，夸赞她品行好。"要我说，第一个她的容貌就没得挑！"男人们说话总是这么直接。

入秋以后，阿峰的舅舅身体欠安。以前的蔬菜店不知何时也已关张，听人说还住在同一条街，但搬到背巷了。只怪主家太刁钻，预支了薪水就如同卖给她家一样，说了好多次去看望舅舅都没有去成。有时候外出办事，主家也恨不得盯着钟表，好估摸出她的行程。舅舅是她唯一的长辈，阿峰倍感煎熬，也想过溜回去看看，可是又怕坏事传千里，以往的忍耐就此打了水漂了。要是请假又会让舅舅记挂，穷苦人家一天也难熬啊。

只能托人捎去一封家书。虽然身在此处，可是心却不在，就这样一天天熬着。

腊月里，整个世界似乎都忙忙碌碌的，小姐们更要在这时候显摆显摆绫罗绸缎了。"听人说前天起剧目都齐了，还有歌舞伎和狂言，那可是新戏呢，不要错过哦！"小姐们吵吵嚷嚷好不热闹。

于是太太决定十五日去看戏，还破天荒要带全家一起去。本来陪小姐们看戏是好事，可舅舅是她父母双亡后的唯一亲人，即便不能去看望生病卧床的老人家，也不应该去游乐啊。所以，即便冒着惹太太生气的危险，她也想要把这次出行换成休假。还好阿峰平日里勤快老实，隔了两天后，夫人终于说了句："早去早回。"虽说这话没有一丝人情味，但她已经相当知足，只记得说了一句多谢太太，便坐在颠簸的车子上了。阿峰心里只觉得太慢了、太慢了。"还不到小石川吗，还不到吗？"

"初音街"这个名字听起来文雅庄重，其实却是彻彻底底的贫民窟，吉人安兵卫就住在这里，俗话说吉人自有天相，他那大铁壶一样光溜溜的脑门闪闪发光，并以此为个人风格。店里不过是萝卜茄子之类，薄利多销物美价廉，从田町到菊坂一带都吃他的菜呢。那些装在船形包装盒子里的小黄瓜，或是特产松蘑等时鲜，这里是没有的。"这卖蔬菜的一直是老一套啊。"人们虽常拿他取笑，却也常照顾他的生意，日子尽管清贫些好歹养活了一家三口，而且还把八岁的孩子三之助送去五厘学堂读书，也算尽到了教育的义务。

九月末，骤然间寒风刺骨，一大清早，安兵卫去神田采购蔬菜，刚把货物挑回家就开始发烧，连续的发热引发了风湿骨病，到现在已经过去三个月了。生意做不成，渐渐开始变卖家产，最后到了要卖扁担的地步，临街的店铺租金太高，于是一家人便商量搬去了月租五十钱的背巷。现今也不是考虑别人眼光的时候，等有机会再搬回去也好。搬家那天，只有病人坐着人力车，舅妈和三之助整理好一只手便拎得起的行李，悄无声息地搬到同一条街的角落里去了。

阿峰一下车就四处寻找，她看到一家檐前挂着风筝气球的粗点心店，店前有几个小孩子在这里玩耍，她上前巴望了一下，想瞧瞧三之助是不是混在里面，可是连影子也没见。阿峰沮丧地看着来往行人，突然注意到正对自己方向一个消瘦的小孩子背影，那孩子提着一只药瓶。那孩子虽比三之助要高一点瘦一点，但是身影却极像，于是阿峰径直跑到跟前。

"姐姐！"

"这不是阿三嘛！"

真是凑巧，两人结伴回家。背街深处有小酒馆和芋头店，他们咯噔咯噔地踏着水沟板，走进一条昏暗的小巷子，三之助抢先跑进去，站在门口大声招呼："爹、娘，我把姐姐带回家了！"

"什么，阿峰回来了？"安兵卫坐起身。

埋头做缝纫的老婆停下活计，说："哎哟，真是意外啊！"她兴冲冲地拉住阿峰的手。

进来一看，这个小小的六叠间里只有一个壁橱，之前的长火盆①也不在了，只剩一个四角今户烧②放在箱子里，说起来也是唯一称得上是家具的物件了。再往下问，原来米柜也卖了。家里境况如此悲惨，而在这寒冬腊月里，却还有人在优哉游哉地看戏呢。想到这里阿峰眼眶里噙满了泪水。

"风太冷了，您躺下吧。"阿峰把硬挺挺的薄被子盖在舅舅身上，掖了掖被角。

"大家一定吃了不少苦，舅妈也瘦了，你别太发愁了，一定要注意身体啊。虽然有写信问候，可没亲自探望始终放心不下，等啊盼啊，好不容易有了今天的休假。有个住的地方就行，等舅舅痊愈了回到大街上开店是迟早的事，要快点好起来啊。本来想给舅舅带点儿什么，可是路远心急，总觉得车夫跑得比平时慢许多，不小心错过了您爱吃的那家糖果店。这点零花钱是我攒下的。有一次主家有位亲戚从麴町过来，那位久居乡下的老人突然间犯了老毛病，特别痛苦，我彻夜给她按摩腰椎。老人让我拿这些钱去买个围裙……跟我说了很多话。虽然

---

① 长方形火盆，带有抽屉，用于起居室等。
② 江户浅草地区出产的素烧陶器。

159

主家有点吝啬，但还好不时有大方的客人关照。舅舅你也要开开心心的。我干活并不辛苦，这个荷包、衣领都是别人赏的，这领子很素雅，舅妈就戴上吧，荷包稍微改改，给三之助当便当袋子正好。三之助还去学校吧？有没有誊写的习字给姐姐看看呀——"阿峰不知不觉间说了好多话。

阿峰七岁那年，她的爹爹去给客人修理仓库，正准备涂第二层的时候，他爬在脚手架上手里拿着抹子，要回头跟下面的小工说话，竟然踩空了已习惯多年的脚手架，从上面摔了下来，而且就摔在了一堆铺路石上，爹爹的头狠狠撞在石头角上，当场就没命了。那天就是日历上的黑星日，也就是人们说的万事凶日。

"真是太可怜了，四十二岁就是交厄运的前一年。"人们在背后纷纷议论着。母亲没办法，只好来投奔自己的亲兄弟安兵卫，两年后她也因伤寒不治身亡。此后安兵卫夫妇便尽起父母的职责，一直抚育阿峰到现在，如今，阿峰已经十八岁了，养育亲恩真是无以为报。

三之助"姐姐、姐姐"地喊着，阿峰就像疼亲弟弟一样疼惜他。"来，到姐姐这儿来。"阿峰一会儿揉揉他的后背，一会儿看看他的小脸。

"爹病了也把你愁坏了吧？这不马上进正月了嘛，到时候姐姐给你带礼物回来，千万要听话，不能让娘着急啊。"阿峰教导弟弟。

"他怎么会让人不省心呢，阿峰你听我说，我卧床之后家里没人挣钱，负担越来越重，种种辛苦真的一言难尽。他虽然才八岁可是个子大又有力气，他跟大街上咸鱼铺的小子们一道去卖蛤蜊，只要脚能走到的地方就去挑着叫卖。一定是上天感动于他的孝行，那家伙赚八分他便能赚十分。总之我的药费都是阿三赚来的，阿峰你快点儿夸夸他吧——"舅舅用被子蒙住头，呜呜地哭泣起来。

"这孩子真的太喜欢读书了，从来没让大人们费过心，吃过早饭就跑去学校，放学后也从不在街上闲逛。不是我夸自己的孩子，连老师也说他是模范生呢，家里太穷他不得不去卖蛤蜊，这么大冷天孩子只穿着单薄的草鞋，这当娘的心怎么好受啊……"舅妈禁不住泪水涟涟。

阿峰紧紧抱住三之助，说："你真是天下第一孝顺的孩子，虽然长得高，但毕竟只有八岁啊。担扁担的肩膀疼不疼？脚有没有被草鞋磨破啊？请大家原谅我吧，从今天起我也回家来照顾舅舅，帮你们干活，我不知道大家受了这么多苦。就在今天早上，我还为吊桶绳子太冰冷而难受，真是不像话啊！阿三正当上学的年纪却挑蛤蜊，当姐姐的还能安心地穿着这暖暖的长袄吗？舅舅，您帮我告假吧，我早就不想去当用人了。"阿峰哭得很伤心。

一旁的三之助无声地落下泪珠，他故意转过头不让姐姐看见。看他，衣服破破烂烂，肩膀附近的针脚都绽开了。想到这瘦弱的肩膀要挑扁担，阿峰心里就止不住地难过。

一听说阿峰想辞工，安兵卫赶紧制止道："这怎么行？你有这个心，舅舅很欣慰，但是你辞工回家，一个女孩子也只能做做针线活吧，何况你还预支了工资。所以呀，别动不动就说要回家这样的话。第一份工最重要，可不能让大家议论你是吃不了苦才回家的。你要小心侍奉主家啊。我不会一直这么病恹恹的，稍微好一点就能打起精神继续开店了。哎，再过半个月就是新的一年，来年春天一定会有好事发生，大家万事要忍耐，三之助也要坚持，阿峰也忍耐忍耐吧。"安兵卫抹了抹眼泪。"你不常回家，也没准备什么好吃的，你不是喜欢今川烧、煮芋头吗？快多吃点儿呀。"

听着舅舅这些话，阿峰心里温暖极了。

"其实不应让你操心这些事，但马上就要过年，家里实在太难。我的心病并不是什么胸痛，而是我刚生病那会儿，在田街借了十块钱的高利贷。当时期限为三个月，除去利息一元五角外，共拿到八元五角钱。那是九月底的事情，眼看便要到期了。但是瞅瞅家里这个光景，大家讨论来讨论去还是没有办法，你舅妈的那点活哪怕扎破手指头也挣不到十元钱啊。三之助更不行了。阿峰，我听说你东家在白金台町有一百间出租房呢，光靠收租金就能穿金戴银。有一次我去那儿找你，看到人家单单是仓库的装修就花了不下一千两银子，真是让人望尘莫及的大财主啊！你在老爷家也有一年时间了，自家中意的用人讨要一角两角，应该不会不答应吧。要是有了钱，月底我去央求人家重写一张借据，先付上一两二分也许还能再宽限三个月。这样说好像我贪心不足似的，可谁家过年不去买个街边的年糕呢？新年这三天里要是不让三之助吃上杂煮，面对这么乖巧的孩子，当父母的也太过意不去了。除夕之前最好能有两元钱，虽然难以开口但还是希望你能想想办法。"

阿峰考虑了一下，说："好的，交给我吧。要是不好借我就求主家先预支工资吧，关于钱的事总是难办的。家家有本难念的经，一点儿钱就能应急，如果他们知道了理由，也不会说什么吧。为了这件事不出岔子，今天我还是回去吧。春节马上到了，到时又能请短假回家，那会儿大家再开开心心地聚在一起过年吧。"

阿峰接下金钱周转的任务。

"钱怎么送来呢？要不叫三之助去拿吧。"

"平日里我都忙得抽不开身，除夕更是没空。路有点远，难为三之助了。阿三，拜托你了，在午饭前我一定一定把钱准备好。"

安排妥当后阿峰回去了。

下

石之助是山村家的大少爷。因为继母，连父亲也不怎么疼爱他，还曾计划过让他去别家当养子，然后从几个妹妹中挑选一个继承家业呢。十年之前他就听过这些传闻。不过他并不以为奇，他认准了父亲不会与自己断绝父子关系，遂肆意纵情、放浪形骸。为了气哭后娘，所以也忘了爹爹的期望，从十五岁的春天开始，他就俨然一副纨绔子弟的姿态。

他玉树临风，灵秀的眼睛炯炯有神，肤色偏黑但看着也俊俏，跟四邻八舍的姑娘们还不时传出点儿绯闻。他尽情挥霍，还总是喜欢到品川的花楼里闹腾；有时深更半夜驱车到车町的地痞那里去，招呼起小流氓们，好酒好菜伺候着，把钱包翻个底朝天没日没夜地玩乐。

"这个样子怎能继承家业呢？真好比一把大火扔进油库里，

早晚会把祖上的家业烧为灰烬，剩下妹妹们岂不是太可怜了。"继母不停地向父亲吹枕边风。

"话说回来，要是让这么个混世魔王去别家做养子，估计不会有人收留，还不如打发他一点儿钱，让他改头换面分家另住，才是上策。"父母盘算着石之助的前程。

石之助本人从不在意，也绝不让他们遂心。"我要一万块，另外每月按期付生活费，不要很制我游乐。要是爹有一天不在了，你们必须要做到长兄为父，就连炉灶旁供奉的小松也要听从我的吩咐。如若不然现在就另立门户，我也不再为这个家着想，要是同意就按照我说的做。"就是这样，他一定要故意说些怄气的话。

"打去年开始，家里又增添了连檐房，收入成倍翻，自家情况我还是从别人的嘴里听说的，怪事怪事！这样努力营生打算将来留给谁啊？千里之堤毁于蚁穴，火灾是由于灯笼的火苗引发的，难道不知道我这个山村家大少爷正在火球里打滚吗？看吧，我去搞些银子出来，和大家一起好好过个年！"为了让伊皿子①附近的穷朋友高兴高兴，连除夕那天大吃大喝的地方都定好了。

听说哥哥回家了，妹妹都像见了脓包似的避之唯恐不及。

---

① 东京地名。

他无所顾忌，越来越放肆，两脚伸进被炉，说："我要醒酒，给我水，给我水！"弄得一片狼藉，也没人敢前来制止。继母恨得直咬牙，却不得不顾及情面，暂时收起背地的刻薄话。

"别感冒了。"继母拿出小棉被给他盖上，还给他垫上枕头。

"明天的伙食我来准备吧，是沙丁鱼干，交给别人肯定不仔细。"她故意说给枕头上的人听，好叫他知道自己勤俭持家。

快近晌午了，阿峰答应舅舅的事情还毫无进展，现在也没工夫去管太太高兴不高兴了。她摘下包头巾，搓着两只小手，说："这个时候跟您说这个实在不好意思，您这么忙我真是不懂事。"她小声嘟囔，"不过事先跟对方说好了，今天白天必须要把钱送过去，要是太太肯帮忙，那可是舅舅的福气，也是我的荣幸，我会永远记住您的大恩大德！"阿峰合掌祈求。

一提借钱，夫人就支支吾吾，但最后还是松了口说可以。阿峰靠着这句话挨到今日，后来她不敢多言是怕自己啰唆再惹夫人不高兴，那么可就前功尽弃了。

约好的除夕就是今天哪，可是太太却忘得一干二净。阿峰心乱如麻，这对自己来说是顶重要的事情啊！再难以开口也要说出来。

太太一副茫然而吃惊的神色，道："什么时候的事？我倒是知道你舅舅生病了，也知道你想借钱，不过我肯定没说过由我拿出钱来替你还债。你肯定听错了，我压根儿没说过这话。"

这是太太的拿手好戏，太无情了。

印有春花秋叶的丝绸小衫缝好了，小姐们整整衣领，提提下摆，左看右看，越看越喜欢。但是那个讨厌的哥哥却碍眼得很。

"早点儿滚出去吧，早点儿滚吧！"心里想了一百遍，嘴上也没说。太太努力压抑着天生的暴躁脾气，要是得道高僧在的话，准能一眼看透她正在被怒火灼烧，全身冒着黑烟，灵魂狂暴错乱。说来也是，钱是万金油，虽然她清楚记得自己答应过，但奈何眼下正心烦。

"大概是你听错了吧。"一句话便装作没事的样子，大口大口吐着烟圈，事不关己高高挂起。

……又没多少钱，只不过是两元钱，而且她曾亲口答应过，不过才十天时间啊，她的脑子不至于这么不中用吧。那个砚台盒子的抽屉里就放着一叠钞票，不是十块就是二十块。只要拿出两枚就能看见舅舅舅妈的笑脸，三之助也能吃上年糕啊。那天舅舅也说过，尽量借到两块钱啊。太太真是太可恨了……阿峰委屈极了，什么都说不上来。她是个老实孩子，不会强词夺理，只是垂头丧气地站在厨房。正午的炮声响起，听起来格外心悸。

"母亲大人，请立刻出发。"夫人的女儿从早上就开始阵痛，看来分娩就在午后。因为是头胎，丈夫早已乱了阵脚，家里也没有老人，更是招架不住。"我这就出去，头一胎可是关乎生死的大事。"

住在西应寺的女儿派车来接母亲。现在可顾不得什么大年夜了，只是家里放着好些钱，还有个浪荡子躺在那里。夫人真是心力交瘁，最后还是对女儿的疼爱更重要，便乘车前去。在路上她一直埋怨那个乐天派的丈夫，非要在今天去钓鱼，还以为自己是姜太公啊。

太太前脚刚走，三之助后脚就到了，他一路打听找到了白金台町。自己衣衫褴褛，考虑到姐姐的面子，他绕道厨房门口，怯生生地探进头来。

"谁在那里？"

阿峰正在炉灶旁伏身呜咽，看见弟弟只得赶紧收起眼泪，却不能说你来得正好。唉，怎么办啊。

"姐姐我进来不会挨骂吧？上回说好的东西能拿走吗？爹说让我向老爷和夫人道谢。"不知内情的三之助喜上眉梢。

"你先在这里等我一下，我有点儿事去去就回。"她跑出厨房，环顾四周：小姐们在院子里兴致勃勃地打羽毛球；小厮出门办事还没有回来；做针线活儿的女工在二楼，她是个聋子听不见也不碍事；再看看大少爷，他正躺在被炉里做春秋大梦呢。

"求求你老天爷，求求你佛祖，我要当坏人了，并不是我想当的，只是非当不可了。如果要惩罚的话就惩罚我一个人好了，虽然这么做是为了舅舅舅妈，但是他们都不知情，所以请不要责罚他们，没办法，请允许我偷钱吧。"她拉出早就留意好的砚台盒子，从一沓钱里拿出两张。拿了钱后就跟做梦似的，恍恍惚惚不知所然，把钱交给三之助就打发他回家了。这样，没有人看见，她以为就结束了，她的想法可真是简单啊。

薄暮时分，老爷从惠比寿钓鱼归来。紧接着夫人也回家了，闺女安产的喜悦，让她对车夫也多了几分亲切。"过了今晚我们再去探望，明天早上叫一个妹妹过去帮忙，一定叫个人过去帮忙，请转告他们。哎呀，你今天辛苦了。"说罢，她塞给车夫一点儿蜡烛钱。

"我的天哪，真是要把我忙死了，谁闲着真想借他半个身子，阿峰，小松菜用开水焯过了没？小鱼干洗好了吗？大老爷回家了吗？少爷呢？"问少爷的时候声音很低，一听他还在睡觉，眉头马上就拧成了疙瘩。

这天夜里石之助异常温顺老实。"明天是大年初一，按理说这三天我应该留下来跟家人一起庆贺新年，不过您也了解，儿子我不喜束缚，一板一眼地去跟亲戚们打招呼简直麻烦死了。况且他们的陈词滥调我也听腻了，咱也没有好看的亲戚，我才懒得去串门。还有我提前跟大杂院的朋友们也约好了事情，让我出去吧，过了春节我再回来拿红包，那么我在这里先给大家伙拜年了，压岁钱请一定给我留着。"

石之助从清晨开始就眯着眼睛，等父亲回来，就是为了要钱啊。子女是前世的孽债，当浪荡子的父母真是世上第一辛酸事，打断骨头还连着筋，孩子在外面肆意妄为，闹得无法无天，要是不闻不问，就会受到人情谴责。为了顾全家族名誉和个人颜面，父亲只能狠下心来打开保险柜。完全不出石之助所料，他又得寸进尺。"有笔债务正好今晚到期，当初有人替我担保盖章，那是玩牌时稀里糊涂欠下的，要是不还钱的话泼皮无赖们可不干，到时候再安抚他们就困难了，我无所谓只是担心影响不好。"

说一千道一万，他就是为了钱。继母早就觉得他不安好心，果然早上的疑心没有错。看死乞白赖的样子，想要多少钱？老爷做事总是温吞吞，真是急死人。石之助能言善辩，她不是对手，跟早上气哭阿峰的时候比起来，她现在简直判若两人。她悄悄观察着老爷的神色，那不时斜视的眼神真恐怖。老爷默默地走到放有保险柜的里屋，拿出五十元的一束钞票。

"这不是给你的，是为了顾及那几个还没出阁的妹妹，以及大妹夫的颜面。我们山村家世代正直本分，行为处事都规矩诚实，从未闹出过什么风言风语。你是不是恶魔转世啊？为什么出了你这么个败家子啊？如果你坏到惦记别人的钱包的程度，丢脸的可就不是我这一代人了，家产再重要也比不上名誉，亲兄弟们也会跟着你丢人现眼。跟你说这些也是枉然，你要是能安安分分地当山村家大少爷，也不必招来那么多闲言碎语。这大过年的，你本该替我去走亲戚，稍稍替我分担一些，可你呢，让年近花甲的老父亲劳心难过，你会遭报应的。明明上过两天学，为什么连这么简单的道理也不懂呢？算了，你快滚吧，爱去哪儿去哪儿吧。别在这儿丢人现眼了。"父亲走进里屋，石之助把钱塞进怀里。

"祝母亲大人新年快乐，那么我先走一步，告辞。"石之助还故意做出毕恭毕敬的模样。"阿峰，给我摆好木屐，嘿，我不是要从玄关进屋，而是从这里出门啊。"他没脸没皮地饶舌两句，然后大摇大摆地走了。

他去哪里呢？在一夜狂欢中他会忘记父亲的老泪纵横。这种浪荡子可恨，但更可恨的是将他逼成浪荡子的继母。虽说没有像驱邪那样撒盐花，但是大少爷的离开让她打心眼里高兴，心疼钱是真的，看不到恶心的石之助才是最好的。

"人怎么才能这么厚脸皮呀，我真想见见他娘长什么样子。"夫人又在那里毒舌。

阿峰哪里有心思听她念叨这些事，刚才犯下的罪过令她惴惴不安。"是我干的吗？还是别人，刚才的行为像梦里发生似的。"其实想想就知道啊，怎么能不暴露呢，即使在一万张里面少了一张，也是数数便知的事。何况刚才我想借的就是两块钱啊，又是在自己手边弄丢的，不怀疑我还能怀疑谁呢？要

151

是盘问起来我怎么说呢？我说什么好呢？含糊其词就会罪加一等，如实坦白会牵累舅舅，我知道自己有罪，可是不想让舅舅白白蒙冤。

"穷人就是手脚不干净。"

"偷钱就是你们擅长的事情吧？"

人们一定会这么说我，好难过，到底怎么办啊？为了不给舅舅抹黑，我只能以死谢罪了。她的眼睛死死地守着夫人，灵魂仿佛飘到了砚台盒子上面。

大年夜要进行账目结算，把现款理完后贴上封条。太太这时才想起这事，忙道："那个砚台盒子里有修屋顶的太郎还回来的二十元钱利息，阿峰、阿峰，把砚台盒子拿过来。"

太太在里屋招呼着阿峰。

事到如今我豁出去了，要头一颗要命一条，我要去跟老爷讲个清楚，把太太的冷酷无情和盘托出，没有诡计没有旁门左道，唯有诚实才能保护自己，我不逃避也不隐瞒，我要向老爷坦白我不是因为贪心才去偷钱的。我还要尽可能地说明，舅舅不是同谋，要是老爷不相信我的话那么我就当场咬舌自尽，以命相偿肯定会信了吧……阿峰这样给自己壮胆，走进内室的心情如待宰的小羊羔。

阿峰从盒子里拿出了两张，剩下的应该是十八张才对。但是不知怎么回事，一沓子钞票全没有了，把抽屉翻个底朝天也没瞧见。奇怪的是从抽屉里落下一张纸片，不知是什么时候的收据：

> 抽屉的部分也先借用一下。
>
> 　　　　石之助敬上

原来是那个浪荡子干的！大家面面相觑，并没有人去盘问阿峰。

是不是阿峰受到孝心的庇右，阴差阳错间使得这件事成为石之助的罪过呢？不、不、不，很有可能是石之助知情才替她揽下了罪行。果真如此的话，石之助可就是阿峰的守护神了。真期待后续剧情啊……

わかれ道

岔　路

上

"阿京，你在吗？"有人来到窗外，咚咚咚地敲打着木墙板。

"谁啊？早睡了，明儿个再来吧。"阿京说了个谎。

"睡了又怎样，起来给我开门，我是伞店的阿吉，是我哟！"门外的人稍稍提高了声调。

"讨人嫌的孩子，都这么晚了过来干什么，又来要年糕吃吗？"阿京笑着抱怨，"这就来了，稍微等一下。"阿京回应着，顺手把针插在还没做好的衣服上，起身开门。

阿京刚二十出头，活力满满，浓密的乌丝胡乱绾成一个发髻，腰上围着一条稍长的八丈①围裙，肩上披着短外褂。她急匆匆地踏上脱鞋石，拉开格子门外的雨棚。

"受累。"径直走进房间的这个人是外号"矮子君主"的大街暴徒，他在伞店当伙计，名叫阿吉。已经十六岁，但看上去更像十一二岁的样子，窄窄的肩膀小小的脸，五官端正口齿伶俐。奈何个子太矮总被别人嘲笑，被起了个"矮子君主"的外号。

"打扰！"他毫不客气地走到火盆旁。

"你要是烤年糕，这火不够旺，你到厨房的闷火罐拿些引火的木炭来，在这痛痛快快地烤着吃吧。我今晚必须要缝好这件衣裳，这可是当铺大老爷的新年衣服呢。"阿京说罢，取出了针线。

阿吉哼地冷笑一声："给那个秃头穿真是太可惜了，我先替他把把关吧。"

"快别说傻话了，试人新衣一生，你不知道吗？从现在开始就没有盼头了那还行？你可得记住啊，在别人家千万不能这么做。"

"我这种人，才不会有出息呢！所以啊，穿穿他人的衣服也无妨。我记得你说过，要是你走运了就缝一件捻丝线织平纹

---

① 日本长度单位，一丈等于一尺。

157

绸的和服给我穿，当真？"

"要是我能送得起绸布衣服，那真是可喜可贺，说明我走运了啊，我当然高兴送你了。但是你瞧瞧我，还不是穿成这样给别人缝东补西吗？唉，那个承诺就跟做梦似的，一笑而过吧，怕是不能给你绸布衣裳了呢。"

"我不是说让你在给不了的时候给，说的是你交了好运的时候，好吧？就算只是一个约定我也欢喜，我这种丑人即便是穿上丝绸衣裳也不会开心吧。"阿吉惨然笑笑说。

"那么阿吉，要是有一天你发达了，一定要给我买一件啊，咱们约好。我也想要一个这样的约定。"阿京眼带笑意。

"那不行，无论如何我是不会有出息的。"

"为什么？"

"什么都不为。不管是谁，不管怎么样帮我，我也就待在这个地方好了。我最喜欢在伞店里刷油了，我天生就是穿白条纹窄袖衣服系三尺腰带的贱命。打油①的时候顺手牵羊揩点油，吹箭②的时候走运中上一根，对我而言就是天大的幸运。但是阿京姐姐，你原本也是体面人家出身，好运气会乘着七彩马车来接你的，我的意思可不是说你要当姨太太啊，你千万不要多想，别生我的气啊。"阿吉一边拨弄着火盆一边慨叹身世。

---

① 作为防腐剂、增强剂而在网或纸上涂柿漆。
② 一种市井游戏。

"是呢，说不定不是马车而是火焰车来接我呢，快要把我烧死了。"阿京把量尺挂在木板上，回头凝望着阿吉的脸。

阿吉照例从厨房端出炭盆，问阿京："你不吃点儿吗？"

"我不吃。"阿京摇摇头。

"那我就一个人享用大餐啦。我们家那个守财奴真是的，整天唠唠叨叨烦个不停。完全不懂得怎么使唤人，故去的老婆婆可跟他不同，如今这些家伙们我一个都不想理，阿京姐姐你觉得那个半次怎么样？我是讨厌得不行，自大得不得了。虽说他是我们老板的公子，但我可从没把他当过主子，有机会我就跟他吵，折腾他，那才好玩儿呢。"阿吉一边念叨，一边把铁丝网上的年糕翻了个面。

"好烫！"他吹了吹手指。

"我从没觉得你像外人，你说这是怎么回事呢，阿京姐姐，你没有弟弟吧？"阿吉问。

阿京说："我是独生女，没有兄弟姐妹，弟弟啊妹妹啊一个都没有。"

"这样啊，那就真的没有关系了，我终归不是你的什么人，要是有一天从什么地方突然出现一个你这样的人对我说，我是你亲姐姐，不知道我会有多高兴呢。到时候我肯定会搂住她的脖子狠狠地亲，哪怕就此往生了也心甘情愿。难道说我真的是从石头缝里蹦出来的吗？我从没遇见过一个像亲戚的人，所以我不止一遍地想，要是注定不能遇见一个亲人，趁现在死了正好一了百了。像我这种人也想要亲人是不是很可笑？偶尔会做一些奇怪的梦，在梦中，那些平日里跟我说话和善的人就是我的爹、娘、姐姐和哥哥，过不了多久就会有人告诉我身世似的。刷油搽油这等活计那么没意思，我还会坚持做，你说这世上还有我这么奇怪的人吗？阿京姐姐，我爹娘没有任何消息，谁都不可能没有爹娘就自己生出来吧？我这个人真是奇怪得不得了啊！"阿吉两手捧着烤好的年糕，跟往常一样喋喋不休。

"那么你身上有带着家徽的锦囊之类的，可以证明身世的东西吗？或者任何能提供蛛丝马迹的东西也成啊。"

阿吉马上截住阿京的话："一定没有这种有价值的东西。我一生下来就被送到桥边租给了乞丐。小伙伴们都这么挖苦我，说不定这就是真的呢。如果他们说的是事实，那么我就是叫花子的孩子，爹和娘就都是要饭的，每天在路上衣衫褴褛走街串巷的人就是我的亲戚，说不定那个每天早晨过来乞讨的瘸腿独眼老太婆就是我的什么人呢。虽然我没说过什么，但你大抵也知道一些吧，我到伞店当伙计之前就是耍狮子讨生活的。阿京姐姐，如果真是叫花子的孩子你还会对我好吗？你应该不会理我了吧？"阿吉问道。

"别说傻话了，虽说我不知道你是什么人的儿子，不知道你的身世来历，但是我不会因为这些就说喜欢你不喜欢你的啊，你今天有点反常，净说些丧气话。你是夜叉也好乞丐也罢，我都不会在意。就算没有亲人兄弟、茕茕孑立又有什么关系呢？干吗要作践自己？"阿京劝道。

"我没用啊，我什么都不想干。"阿吉低着头，不让阿京看见自己的脸。

中

伞店的上一代主人阿松已经过世，那是个大大咧咧、精神抖擞的老太太，活脱脱一个女相扑选手的模样，她白手起家挣下万贯家财。六年前的一个冬日，她去寺庙参拜，回来的路上拾来一个舞狮子的小孩。

"要是有师傅过来找麻烦的话再说吧。多可怜啊，脚疼得都没法走路，坏心眼的同伴们就把他扔在路边。你不必再回到那种地方去了，没什么好怕的，就住在我家里。大家不用过于担心，像这样的小毛孩子就是再来两个三个，一起坐到厨房里吃我们的饭，也不过是添双筷子的事。那些签了契约的家伙们也有跑掉的，甚至还有卷带东西走的，俗话说路遥知马力，日久见人心，一个人有没有价值光看是看不出来的，你要是不愿意回新网①去，就把这当作自己的家，努力学门手艺吧。"

于是老东家便开始阿吉阿言地使唤着，教他刷油的技艺了。阿吉一个人能干三个人的活，自此就开始哼着小曲一展身手了。人们无不夸奖过世的老太太，真是高瞻远瞩。

恩人已于两年前过世，现在当家的老板、老板娘和少东家半次，阿吉都不喜欢。只是他早已认定这个地方为终身去处，所以就算心里一百个不乐意，也想不到还能去哪里。也许是因为心里疙疙瘩瘩，才导致筋骨无法舒展，末了，任由别人嘲讽自己为"矮子君主"。

"阿吉，你定是在爹娘忌日那天吃荤了，看你那狼狈样子，旋转吧旋转吧，小矮菩萨。"鼻涕啷当的伙计们嫉妒他手艺好，总是调侃他。固然有抡起拳头干一架的勇气，但事实是他不知道父母什么时候没的，就连什么时候该吃素都完全没有头绪。每次想起这些悲凉的事，他就躲在晾场的伞阴下，头枕双臂望向天空，独自吞泪。一年四季挥舞着油光锃亮的黑色条纹窄袖子，街上的人都躲着他。"那家伙，跟鬼火似的。"可能对阿吉来说，撒野耍横也是一种安慰，安慰自己没有人理解的苦闷。假如有人能跟他说些体己话，他恨不得紧紧抱住人家永远也不放手。

---

① 现东京新港一带，当时为著名的贫民区。

153

工作坊的阿京是今年春天来到这里的，她聪明伶俐，大杂院里的人跟她都很合得来。因为伞店老板是房东，所以伙计们也都很担待她。"要是小伙计们衣裳开了线或是破了洞什么的，可以拿到我这里来，你们家里人多，老板娘忙不过来。我常年做针线活，给你们缝一两针也不费事。你一个人住也没个伴，一天到头都孤孤单单的，空闲的时候就到我这来玩吧。我这种性子，最喜欢你这种爽快人了。要是生气了就当打了街边米店的白狗，替我用棒槌敲打敲打那些衣服吧，就我当自己多了一个捣衣板，这么一来你也不必招人烦，我呢，还能有人帮忙，真的是一举两得啊。"

阿京开玩笑的语气不知怎么，特别令人心安。

"阿京姐姐，阿京姐姐。"阿吉叫得非常亲昵。

周围的手艺人经常愚弄阿吉："现在到处都是腰带店的大老板啊，演桂川戏的时候，你就唱着阿半背了长右卫门，挎在她的带子上出场吧。这一定是一出好戏啊。"

"你们要真是男人，就好好学着点儿吧，到裁缝家去串门，知道茶具架子上的点心匣子里有几块糕点的人，除了我之外恐怕没有第二个了。那个当铺的秃子被阿京姐迷得五迷三道，总是托她办事，叫她干这个干那个，啰里啰唆地跑来送围巾、衬领、腰带啊，一个劲地讨她的欢心。可是阿京才懒得敷衍他呢。不管傍晚也好三更半夜也罢，只要听说伞店的阿吉来了，

164

她就算是钻进了被窝也会爬起来给我开门。'这一天都没见你过来玩，怎么啦？'她还担心地拉着我的手把我带进屋里去。试问在场谁有这种待遇？不好意思了，瞧瞧你们这些大草包，我可是山椒虽小满口辣！"阿吉吹牛真是一绝。

"你这臭小子。"有人在背后打了一拳。

"不吝赐教。"阿吉满不在乎地扬长而去。要是他长得高高的，人们也就当他爱开玩笑而原谅他。偏偏是个狂妄自大的矮冬瓜，真是让人不得不戏弄。阿吉成了伙计们工休吸烟时的谈资。

下

十二月三十日的夜里，由于预定交货日期往后拖延，阿吉到坂上一家老客户那里去道歉。回家途中，他两手插进怀里匆忙走着，脚下的木屐踢到一块东西，随即被他淘气地踢出好远。他又把滚落的石子左右来回踢，直到踢下大黑沟，才哈哈大笑起来。没有一个人听见他的笑声，只有朗朗明月发出清寒的光，不知怎么，阿吉只觉得通体舒畅。他心里盘算着去敲敲那扇窗户，随即拐进了小胡同。

突然从后面追上一个人，双手蒙住他的眼睛窃笑。

"谁啊？"阿吉摸着那人的手指，"哎呀阿京姐姐啊，我摸到小手指上的茧子了，你吓不到我的。"他回过头去。

"真讨厌啊，这么快就猜出来了。"阿京娇柔一笑。

只见阿京用头巾把脸裹得严严实实，身上套着一件双面异色花纹外褂，化着跟以往不同的妆容。

阿吉左看右看，审问似的。"你这是去哪儿了，白日里不是还说这两天忙得连吃饭的空都没有吗，这是去哪里做客了？"

"我去拜年了啊。"阿京一副无所谓的样子。

"说谎，哪有人在大年三十晚上去拜年的，你是不是串亲戚去了？"阿吉接着问道。

"也算是到亲戚那里去吧，从明天起我就要从背巷搬走了……事出突然没把你吓到吧？连我自己都觉得意外，不敢相信这是真的呢。不管怎么说，替我高兴高兴吧，这是好事啊！"阿京说。

"真的吗，真的吗？"阿吉愣住了，"不是假的吧？不是逗我玩吧？你不要说这样的话来吓唬我啊，你要是不在了那我还有什么意思啊，不要跟我开这么讨厌的玩笑啊！真是的，干吗说这么无聊的话啊——"阿吉摇了摇头。

"我没有骗你哦，就像你说的，好运会乘着七彩马车来接我的，一语成谶啦，我不会再住在大杂院那种地方了，不久就能给你做绸料衣裳了。"

"不要，我不要那种东西，你嘴里的好运，就是要住到那种没意思的地方去吗？前天半次还说起你了呢，说裁缝铺的阿京经由蔬菜店那个按摩的伯父说和，要到什么公馆去当差了呢。'不过也不是当通房丫头的年龄了，更不会去贴身侍奉夫人或是缝纫老妈子，准是去当绾着三环发髻穿着披风的姨太太呢。天生丽质哟，怎么会甘心一辈子拿针拿线呢.'我觉得一定不会发生这种事，绝对是他们听错了，还跟他打了一架呢，你不会去那种地方吧？你不会去那个公馆吧？"阿吉追问。

"并不是我自己想去，而是非去不可了，我也不能再见你了，吉三。"阿京的回答听起来十分萎靡。

"不管怎样好，也不要去那种地方吧？你做针线活也能养活自己啊，你这么心灵手巧为什么要去那种地方呢？这也太不像话了吧。女孩子的清白最打紧，还是别去了，回绝他们吧。"

"伤脑筋啊！"阿京停住脚步，"但是吉三啊，我再也受不了这些缝缝补补洗洗涮涮了，就算是去当姨太太也好什么也好，反正世上尽是些无聊无趣的事情，我宁愿别人说我堕落，也要穿着绉绸生活。"

没想到心里话脱口而出，阿京凄然微笑。

"好了，吉三回家去吧，快走吧。"

"我觉得没意思极了，你先走一步吧。"阿吉在后面跟着，这个小矮子六神无主地踩着地上长长的影子，不知不觉走到了伞店的胡同里，他像以前一样站在阿京的窗外。

"你每个晚上都会在这里敲窗户，可惜明天晚上就听不到那个声音了，世上尽是无味的事情啊。"阿京叹息道。

"难道不是你愿意的吗？"阿吉不满地说。

阿京走进家门点上煤油灯，拨弄着火盆，说："阿吉，过来烤烤火。"

阿吉站在柱子旁，说："我不要。"

"你不冷吗？万一感冒了怎么办？注意别感冒了。"

"没关系，你甭管我，我在这就行。"阿吉深深低下头。

"你看看你，这是什么样子啊，我惹你生气了吗？要是那样的话你告诉我，你一直不说话板着脸也不成啊。"

"不劳您大驾，我伞店吉三，才不需要女人指指点点。"他靠着柱子蹭着后背。

"啊没意思，没意思。我到底怎么了呢，也有不少人喜欢我，结果全都不了了之。伞店之前的老太太是个大好人，染坊店那个卷毛的阿娟姑娘也曾中意过我，但是老太太中风去世了，阿娟姑娘不想嫁给不喜欢的人投井自尽了。而你呢，又是这么冷酷无情，要把我抛弃。唉，一切都完了，在伞店刷油，就算是我能干一百个人的活儿也得不到一句夸赞，总是被人讥讽是'矮子君主、矮子君主'，不管怎么样我这一辈都不会长高了。俗话说，好饭不怕晚，但是一天天看到的都是些烦心事，前天刚跟半次那家伙打了一架，说阿京姐姐才不是当姨太太的那种坏心肠的女人呢。真是大言不惭啊，还没过五天我就得低头认输了。竟然把满嘴谎言、诡计多端、欲壑难填的你当作亲生姐姐看待，想想真是不甘心，总之我们不会再见了，无

169

论如何也不会见你了，谢谢你长久以来的照顾。去你的吧，从此我谁也不相信了，再见！"阿吉突然起身，穿上脱鞋石上的木屐。

"喂，阿吉你误会我了，我是从这里搬走了，但也没说要抛弃你啊。我是把你当亲弟弟看待才关爱你的，你说这么多让人厌恶的话也太冷漠了吧。"阿京说完从身后将阿吉紧紧抱住。

"真是急脾气的孩子。"阿京规劝道。

阿吉回头问："这么说你不去当姨太太了吗？"

"谁也不想去那种地方啊，但是我已经下定决心了，怎么好改变呢。"

阿吉眼泪汪汪地说："阿京姐姐我求你了，求您高抬贵手吧。"

ほととぎす

杜鵑

若是从未听到过杜鹃的啼鸣，总会想方设法地听一听。

某日有客来访。

"你没听到什么声音吗？好像有鸟儿停在那棵大树上，夜深后，啼叫声似能传到枕畔呢。近处时，只有一两声奇特的叫声，远去后那声响越发令人感到悲哀。"朋友这样跟我诉说。

转眼间来到日历五月，我的心不由得激越起来，整夜不能寐，为什么还没有听到杜鹃的鸣叫呢？我等了又等，徒然枯等了一个晚上。接下来一个又一个漫漫长夜，看似依然无望。某个留有残月的拂晓时分，我诧异自己为何总是思虑无边，真希望这满腔热忱能早日趋于冷淡，等待真是叫人心烦，又是一个不眠之夜。

某个凌晨，不知不觉进入梦乡，忽然一个声音传到耳边，从未听过的声音越发清晰起来，感觉甚是怪异。"好诡异啊！"我躺在枕上自言自语。等我端坐整齐，又传来了更加明亮的鸟语，故人吟唱的那首和歌压迫着胸口，我的眼睛含满了泪水。思念难忍，遂打开闺阁之门，望着头顶的天空，月亮周围几片浮云，一望无际的山岗绿叶斑驳，怕是走过去也看不到影子，此身顿觉委屈悔恨，只能驻足远眺。

天亮之后，写信告诉友人，想要他也羡慕我的这份殊荣。事情纷杂又是一天，入夜后又叽嘤嘤鸟语，这次从初更开始流音不绝，犹恐人听不到那般发出细小微妙的鸣啭。

我顿生一股物哀之情，杜鹃仿佛不忍让为情所扰的我听到似的。

并无别事，不知不觉地开始抽泣，便在日记上记录下今夜里发生的种种，忽觉悲哀之感袭上心头。

短短两天三后，有稀客来方，我喜悦不已，便说起了最近发生的种种。他起初大吃一惊，我料想他一定会心生羡慕，便侃侃而谈起来。两个人随意交谈着，恰好那时，近处屋檐下传来杜鹃的叫声。

"你听，附近也没有森林，但是每当入夜便传来子规高亢的声音，一直到白天呢。"我说。

朋友一副无法理解的神情，只说了一句："什么啊？"

我又解释一遍。

"恕难苟同。"他歪头沉思，而外面又开始一声又一声地啼叫着。

"那是杜鹃的啼声吧，我觉得是，请仔细听听。"

朋友掩面大笑，笑得合不拢嘴。

"总是从拂晓时分开始鸣叫，到日暮时刻就停在房檐上，无论如何请仔细听听，总觉得几分怪异。"我边说边笑。

"应该不是，我怎么觉得是山里的乌鸦，请听听那叫声，应该不会错的。"友人怀疑地说道。

"月夜，昏昏欲睡，听到的鸟鸣自然与往日不同，现在这声音总觉得很奇怪，快看看那个，飞翔的身姿多么清晰明朗！"他指给我看。

原来这就是初啼的杜鹃！这个梦多么富有情趣，我真不愿醒来。

經つくゑ

経　案

第一回

绣户名姝，独与青灯文卷为伴。敬上一枝鲜花，以尽千古缘万载情。盛世美颜却不入花锦世界，芳华美好而不问红尘俗事，究竟为谁守节独自寡居？只见她，一身缁衣离尘，坐禅默数念珠："我佛慈悲六道轮回，而弟子未能彻底顿悟。"

七夕凉夜，今非昨，比翼之鸟各天涯；东风恶，连理树枝不相见。经案上一只香炉青烟袅袅，佳人当窗凝望。有人询问一句："你到底为何这般模样？"还未启唇回应，片片泪珠儿已缀满衣袖。可你若不言，别人便无从知晓，要知，世事乃是欲盖弥彰。

虽说往事如梦，了无痕迹，但还是有人回忆起来："是和那人有关吗？曾经众多爱慕追随者中的某人，就是那个人吗？医科大学的风云人物，叫松岛忠雄，年纪在二十七八上下……"

松岛忠雄，光是听到他的名字，学校里玫瑰般的姑娘们就会不禁莞尔。偶然遇见，便会害羞地用围巾手帕遮住娇容，松岛便在路边默默行礼致意。

有几家养有女儿的父母还为此结了仇。"那可是要当我家女婿的。"

松岛先生祖籍静冈，二族出身，人品高尚，相貌堂堂，完美无缺，是才学双全、百里挑一的人才。虽说现在只是一名内科助手，但将来前途无可限量。如此青年才俊万不能落入他人之手。就像世间缺乏女婿大人一样，爹娘们干劲十足，贵族公主、官员千金，甚至还有带来丰厚陪嫁的富豪爱女，提亲的人五花八门。这其中，有位照片上的姑娘，梳着清丽的岛田髻，如小野小町①般美艳；还有人说某某小姐宛如紫式部在世般才华横溢，精通英文和文，文稿堆积如山……可是谁都不确定这个男子到底有没有意中人。媒人整日喋喋不休，但松岛全都当作耳旁风，一时间猜疑四起。有人说在他考上医学校之前，就常在傍晚时分去花街暗巷；但更有熟人担保他品行方正。事情越发扑朔迷离。

"奇怪的是每次从医院下班，他总要顺便去一户人家坐坐，雨雪无阻呢。"有个大嘴巴的军夫跟人说。此后一传十十传百，

---

① 小野小町是日本平安初期的女诗人，被列为平安初期六歌仙之一。她既是一位著名诗人，又精通歌舞、琴和书道，天资聪颖，美丽异常，享有很高的声望。

说得有模有样。还有人暗地里说怕不是偷偷娶亲了吧，甚至还有好事之徒悄悄尾随忠雄先生。找来找去原来是灯下黑呀。就是本乡的森川町啊，神社后面的新坂大街上有个树篱蜿蜒围起的小院，打开单折门，悬挂着"香月园"的门牌。偶有琴声流转，檐前梅花朵朵，黄莺羞听如此妙音，灿烂春夜中听起来越发朦胧幽邃。夏天的小竹帘映衬着俏丽的身姿，随风悠悠飘动，纤弱可爱。

如来佛祖祭典那天，美人没在街上漫步，也没到庙里祭拜，她独自站在路边一副等人的神色。由此美人芳名在方圆百里传播开来。

"莫非是大学士的小妾？还装作深闺小姐的样子呢，娘家人早晚会知道的，被人耍弄小心人家过河拆桥啊，那可就真完了。"有人随意胡说，但其实说真心话，估计是忌妒得不得了吧。这种人愤恨的火焰柱噌噌蹿起，大千世界无奇不有。

第二回

　　从漆黑的外墙就能看出此户人家条件优渥，令人艳羡。主人香月左门曾担任旧幕府大臣，同松岛的父亲是势均力敌的同僚关系，维新变法时期他们同在静冈待命，一片赤子之心在上野之战消失殆尽，光荣殒命。香月左门临走之前同妻女把酒话别，二人遗爱就是这个美人阿园。阿园生来不幸，同守寡娘亲相依为命，虽有母亲关爱，却从没未尝过父爱的滋味，到了懂得人情世故的年纪，更加羡慕别人父母双全，每次问及父亲，娘亲总是泪如雨下。

　　后来，母亲又在她十四岁那年撒手人寰，徒留阿园一人在世间彷徨。母亲弥留之际，将松岛招至病榻前托付后事，于是松岛决定担负起抚育阿园的职责。曾经渊源颇深的两家，就这样继续往来。松岛先生非常同情阿园，若没有他的照料，阿园怕是会变成叛逆的女子也未可知。对她来说，世界只是房门之内的一寸天地，没有母亲陪伴从不会一人去浴室或参拜，看戏赏花也是如此，外出时母亲若是不在身边她就一个人偷偷藏起来。早已梳起了岛田髻，内心却还是抱着洋娃娃出去玩的囡囡。但，她毕竟不是三岁孩童，常常无端地沉默不语，任凭泪珠儿滚落。

家中有位老婢女，名叫阿民，有一次阿园死死地拉住她的袖子，大声哭喊："把我也带进棺材吧。"真是闻者伤心。

其实松岛本没有照顾这个孤女的义务，可若他当初没有报答阿园父亲恩情的信念，那么我们也不会听到后来发生的故事。松岛像父兄一样揽下教育阿园的责任，一些别有用心的人却造谣生事："有人亲见学士大人醉卧美人膝，还要阿园小姐替他挖耳呢。"松岛可真是跳进黄河也洗不清。

"我不太赞成当下流行的女子教育，真心不想让阿园去上学。"因为正好顺路，松岛下班后常在此逗留一小时左右，亲自教阿园读书算术，看到阿园悟性极高，松岛越发疼爱呵护。但阿园却毫无感觉，别说高兴地道谢了，甚至都不想见到松岛呢。她每天只顾埋头写字，其他一概不闻不问，也从未文雅地回答过问题，再责问下去，则一副梨花带雨的模样，阿民真是为难至极。

"不能总是一副小姑娘的样子啊，总要顾虑周围，尤其是跟他人来往要显得成熟些，不能这么我行我素啊，不能一直娇气下去啊！老奴本来一点也不想责备你的，"接下来又是那句口头禅，"要给学士大人面子。"

其实松岛根本无所谓，反而珍惜阿园纯真的童心。"要是阿园叛逆起来，那么阿民更加束手无策吧？阿园小姐不用跟我客气，讨厌的话就说讨厌好了。别把我当作外人，我会像母亲那样关心你照顾你。"

松岛每日来访，阿园觉得甚是啰唆，尤其不愿意听到门外响起停车的声音。

"您来啦！"一听到阿民的招呼声，阿园便把手巾放在倒立的扫帚上。

第三回

阿民在香月家做工已有十余年，虽然阿园是自己的主人，但她早已把阿园当成了自己的孩子看待。"我会努力将阿园抚养成人，这样我也能得到世人的褒奖。"

不过阿园那副万事不以为然的样子着实令她焦头烂额。

"她在想什么啊？真是不让人省心！"阿民常常叹息。

终于有一天，她忍不住开始劝导阿园。

"您知道我迟早要说的，您真叫老奴长见识了，您现在不是五岁十岁的小娃娃了，已经十六岁了，有的人都有孩子了。唉，您仔细想想吧，自打夫人去世以来，大约有三年时间了，松岛先生为我们多么尽心尽力。想到这些连我都会感动得热泪盈眶，你是木头还是石头啊，竟然如此不近人情？我知道您应该记得，但老奴要不一一说明，您也不会去想。

"松岛先生担心你孤苦伶仃没有亲人照拂，才亲自教授你学问。还热心地吩咐说，阿园小姐现在还是白纸一张，很容易染上各种颜色，不能让她在学校交上坏朋友，所以一切都交给他吧。人家还给你请老师学艺，还替我们出学费，美食款待车马相送，风雨无阻。老师前来授课，你三次中拒绝一次都是司空见惯。你说你那是什么样子啊？松岛先生就像哄小孩子那样逗你开心——这本书能读完，给你什么奖励好呢？书法进步了，下次一定要写字给我看看——

"但你却把漂亮的奉书纸截成两半拿在手中玩弄，您没忘了这回事吧？这样说起来，小姐是不是还想把东西气势汹汹地丢回去啊？哪怕一张纸也饱含青谊，也是学士的心意。你从来不会念及恩情，一年三百六十五天，别说好脸色，连正常的寒暄都没有。这也就是松岛大人才不会生你的气，依旧心无芥蒂地疼爱你。你小心不要遭到老天爷的惩罚啊，昨日老奴还在附近听到一些闲话，说什么'松岛先生很有威望，想选夫人还不是任他挑选，说媒的人都踏破了门槛，但是不管说谁，他都一概拒绝。难不成你家小姐头上的日光跟别处不一样？这是何等幸福啊！'那些善妒之人对小姐可是羡慕不已呢，不过，若真有一日，学士大人不便管束你，那你会怎样呢？是泪流不止还是勃然大怒呢？小姐生气归生气，阿民要说的还是得说，忠言逆耳所谓如此。没有规矩不成方圆，规劝小姐这也是老奴的职责所在。"

　　阿园并不是个心性不正的姑娘，她这种表现，就是小孩子认生罢了，跟小婴儿被陌生人抱起便会大哭是一个道理。"为什么跟那个人不投缘呢？长此以往，若是结下仇怨可就不好了。慎重起见，我还是不要表现出这么憎恶他的样子吧。"阿园的确是由于不谙世故才这样随心所欲的，若非要询问也并没有什么特别的理由。阿园开始感到遗憾、悲伤、害羞，她低头大哭一通。阿民正想要过去安慰的时候，门外响起了熟悉的声音。

　　"来了，来了，"阿民又转身对阿园道，"今日姑且礼貌些吧。"

第四回

"阿园怎么了，今天还没看见人呢？"松岛果然问道。

"一直不舒服，正在隔壁房间哭呢。"阿民难以启齿，赶紧打圆场。"身子稍稍有点不适，但已无大碍，您请喝茶。"

松岛眉毛一皱，道："这样可不行啊，本来体质就不强健，季节之交若是不加注意更容易生病。阿民，不注意养生可不行啊。事出仓促，其实我要被调往远方任职，今天得到消息特来向你们告别。"

"不可能吧？"阿民呆若木鸡，"您别开玩笑了。"

"不，不是玩笑话，我被任命为札幌医院的院长，看情况明日就得动身。说起来像是临时调任，其实我早就知道了消息，怕吓到二位一直纠结着没有开口。此行也许三年也许五载，未来之事不可预料，但还是下定决心过来告别。虽说是多管闲事，但心里始终挂念着阿园小姐，照顾她这么久了，说实话一天不见就会记挂。她似乎并不开心我前来叨扰，归根结底是讨厌我吧。怪我天性愚钝并未体察到阿园的心思，不过真想看到她亭亭玉立的那一天啊！我又在自说自话了，让您见笑了。

"虽然讨厌我，我还是要登门拜访。首先说起学问，女孩子大部分也就是这个程度，再往深学一些数理化政法之类，跟新娘嫁娶也不相关。其实皮毛知识就如枯木中的假花，并不会真的改变什么，好比久居闹市则会想念深山幽谷的烂漫花色一样。此外培育美好的品行最为重要，我也不愿找不相干的人商量，从此往后，这就是阿民的重大使命了。人间前门有虎后门进狼，世事多舛，女儿家柔弱娇贵，怕是日后艰难繁多啊！万语千言堵在胸口，假若我开口，阿园又会用双手捂住耳朵。本无缘分却硬要结缘，这样似乎太过傻气，所以才会惹得阿园厌烦吧……"

谈笑间，总觉松岛的语气不像之前那么清爽。

听松岛先生向阿民畅所欲言，阿园才意识到自己的错误。可刚刚知错那个人却要离开，她幼小的心灵不断自责，责怪以前的失礼任性。想到他就要背井离乡，阿园悲伤不已。想去亲自致歉，奈何一层障子相隔，总是找不到合适的时机。阿民起初喊我出去时，我还故意耍小性子。而今更不能突然跑出去了。可他要是走了怎么办呢？此生不复相见？想到这里阿园像泄气的皮球一样，靠在门槛边不由得啜泣起来。

松岛那时忽然起身，说："今天且当作离别纪念，起码看看她的笑颜吧。"随即拨开障子，"哎哟，你在这里呀！"

第五回

　　"阿园，不要这样啊，我更难受了。阿民也是一样，不要说不会再见的离别话语，不要依依不舍，阿园小姐更是无须愧疚，有阿民照顾你，我并不担心。只是往后境况不同，你会慢慢长大成人，不得不懂些人情世故，人活一世最难的就是看人脸色，你也不是那种听侍从说两句奉承话就得意忘形的人。洁净无垢的你，身边都没有值得托付的人，生活一定很艰难。我就是其中一枚工具，虽说用途不合适，但好在阅历颇深，比你狡猾，但是人不能过于算计，过犹不及。总之人生的尺度还需自己把握。起程之日就在后天，行李都已准备妥当，今后不能再来拜访，请一定保重身体。此外还有一事相求，拜托大家千万不要送我，虽身为七尺男儿却动辄爱哭，这在二位面前成何体统？请体谅我的心情，这样大家也不会尴尬。如果有照片，留一张给我作纪念吧。或许下次晋京之时，你早已成为体面的夫人，若是如此还会再见面吗？"松岛看看她的脸。

阿园正抱着膝盖，哭得相当失态。

"原来你竟这么不愿同我分别呀！"松岛抚摩着阿园的背。

阿园可怜兮兮地点点头。

倘若能预知今日的分别，那么三年前就不该开始，一腔离绪愁无尽。

越是柔韧之人，个性越是冠强。松岛泪如雨下却没有停留。今夜就是离别的时候，无论他多么不舍得甩开阿园紧紧抓住他衣袖的手，都必须转身回家。阿民也在一旁阻拦，她最后终于灰心丧气。

"若是骨肉至亲，即便远隔千里万里，还有归期可盼，只因有亲人血缘牵绊着彼此。可是我们，一旦远离，便等同于永别吧，不过这也是无可奈何的事。"

我被抛弃了，阿园终日叹息，心中越发不安，她尝尽了母亲离世的悲痛，哭得肝肠寸断。如今的念头全都变了。他对我那么好，遗憾的情愫在心里徘徊起伏，万事万物宛如梦里。那个夜晚注定无法入眠，勉强自己踏上睡铺，亦只能和衣而坐，独自冥思苦想，眼前浮现出白日里的种种。松岛说过的话语半句也不曾忘记，那些事情早已悄悄印刻于心。

他临走时，我抓住他的衣袖。

“很快便会回来的。”他笑着说。

可惜那个声音再也听不到了。从明日开始门前再不会有停车的声音。细想下来，当初为何讨厌那个人？

阿园不停地在摩挲着长长的袖子，忽然有个东西从红绸和服下骨碌碌地滚了出来，那是一枚嵌着宝石的戒指，松岛左手的无名指上刚才也是金灿灿的。

第六回

　　娇嫩的花蕾在一夜春雨过后，纷纷绽放枝头，真令人意外。时机这种东西真是有趣，阿园幼小的心里在感叹什么呢？松岛起程后没两天，她的行为处事就有了几分大人的样子，再不像以前那样任性，除去缝缝补补读书写字之外，更加谨言慎行，有趣的剧目上演，也从不去凑热闹。她常常在阿民不在的时候拿出日本地图，扩开合上地反反复复察看着，读报时也会马上注意到"札幌北海道"等字样。有一天阿民注意到，阿园右手上有件金光闪闪的东西。

　　秋声瑟瑟送梧桐，那用白雪堆积而成的殿堂佛塔，不管多么威严气派，终究要化为乌有，终究是徒劳无功的。文化开明的余光，似乎要把这人间万事都挖掘出来，将百年千年业已形成的人心重新解剖。

然而，现代医术固然高明先进，但死生有命，苍天无情。在赴札幌就职的那年秋天，松岛做手术时被患者感染了伤寒，最终不治身亡。可惜，正值年富力强的年纪却化为北海道的一抔尘土。

阿园听闻了松岛的死讯，悲痛不已。

她舍去空蝉①之世，身着黑色丧服，没有夏花枫叶，剪去已经垂到脚跟的秀发，看上去一派慈悲佛心，完全是丧夫守节的做派，将红色的发饰改为白色，她摘下岛田发髻的细带子，散开万千青丝，那风姿在好色之人眼中别具风情。

"你这样不找夫婿不当夫人可不行啊，为了家族香火总要做些什么，前来求爱的也不是一个两个——"

松岛的一个亲戚，当时是医学部非常有名的教授，也前来示好。阿民为这天赐良缘而高兴。

"再娇艳的花朵也有凋谢的时候，你也要学会待'嫁'而沽，是时候给自己找个归宿了。松岛先生的确对我们有恩，但你俩也没有什么誓约呀。退一步讲，就算跟你有过誓约，这世上夫死再嫁之人也不胜枚举，你无须忌惮流言。"阿民谆谆教诲。

阿园淡淡一笑："口头之约，现在还真是想解除也解除不

---

① 现世，人世。此处指阿园看透红尘，决计修行。

了呀，人世间自然有不顾真情盟誓而再续良缘的。还有，他从来没有同我约定什么，我也谈不上守节。我的心已染上相思，此生难以忘怀，就算做了教授的夫人，也不过是一个躯壳罢了，请转达给他吧。"阿园若无其事地说着。

阿民觉得再说无益，索性死心，自此再也没有进言。

经案的由来如是也。

某个嘴巴恶毒的人听到这些，说："真是个乖僻的女人啊，如果学士在世，没有到札幌去，还像从前那般来往的话，她肯定会厌恶得吐酸水吧。"

阿园怅怅苦笑。"终有生，徒遭围恨，嗟悲逝，追恋怎相及？"[1]

从来天不遂人愿，天不遂人愿。

---

[1] 此处援引《古今和歌六帖》中的句子，意为男女同在一起时，不懂得珍惜彼此，等到分开后才追悔莫及。

さをのしづく

船桨上的水滴

曾在某人那里，听到他们讨论清少纳言和紫式部孰是孰非，几乎所有人都对紫式部赞赏有加，大家都满口"式部式部"，紫式部的确是千古才女，但清少纳言也是一代才媛啊！

　　紫式部身为名门之秀，生来便获得了世人对她的高度评价。但她一个弱女子，若是无人辅佐照拂，也难免会遇到艰辛之事。她后来终于供职宫中，得到了皇后的怜爱垂青。

　　"香炉峰雪拨帘看"①，清少纳言凭借清逸敏捷的才思令一众文人刮目相看，总算也有了属于自己的一席之地。清少纳言自小并未得到"雅"的熏陶，只能暗地里磨炼才能。

　　紫式部出身书香世家，年幼便随父兄学习汉文古典，条

---

① 这是白居易的诗句，但此处典出《枕草子》最有名的章节：大雪下得很深，与平时不同，将格子窗放下，火炉生起炭火，女官们聚在一起闲谈，在中宫驾前侍候。中宫说："少纳言，'香炉峰雪'如何呀？"我将格子窗吊起，再将御帘高高卷起。中宫笑了。其他女官都说："大家都知道这首诗，甚至也都吟咏过，可就是不曾想起。毕竟侍候中宫，少纳言是最佳人选哟！"

件可谓得天独厚，也就是说，富家千金小姐自幼接受良好的教育，而后顺理成章成为贵族夫人。

清少纳言则心比天高，身为下贱，遇人不淑。

紫式部是佛人，信奉天台宗，供职于治部省①。清少纳言虽然也信佛，但内心惊涛骇浪，不够宁静。才华靠天赐，品德却是后天培育的结果。

风静静吹拂，波浪中几只小渔船若隐若现，云雾翻涌，近处山丘的影子也渐渐模糊不清。②

紫式部曾在日记中讥讽清少纳言，说她简直太过轻浮。但号称"日本三笔"之一的藤原行成却对清少纳言思慕有加。清少纳言临终时吟咏的"骏马风骨"③，真是悲惨至极，那个人不知道此人便是大名鼎鼎的清少纳言。

身为宫里的御前，却总是含泪欲泣的模样。清少纳言的文章作品也是如此，她作为女子惹人非议，最终没有夫君也没有孩子。

她姑且拿笔消遣慰藉，闲时翻阅草纸④浇灌胸中块垒。《枕

---

① 治部省：处理外交事务，管理高官的户籍，监督寺社佛阁等处人员的礼仪，也裁判庶民的婚姻诉讼。

② 此句话的含义是指清少纳言默默在世间的浪涛中漂浮，逐渐迷失了方向。

③ "老而家居，屋宇甚陋，邺署年少见其寮塞而悯笑之。少纳言自帘中呼曰：'不闻有买骏马骨者乎？'笑者惭而去。'清少纳言丐用千金买骨的典故，一方面强调就算老去死去，千里马也不会掉价；另一方面是嘲笑来者轻薄，用房子来衡量人的价值，同平安时代崇尚风雅的趣味相去甚远。

④ 用假名写的书籍，如物语、日记、和歌集等。

草子》乍读起来都是关于春樱秋枫的美景美物，但细读之后总会感到一股哀伤寂寞的情绪。

《源氏物语》被誉为千古宝物，是流芳于世的绝品，这的确名副其实。但我认为，这并不能说明清少纳言的才气不及紫式部，或许可以说紫式部在德行方面强过清少纳言，但她不应该在日记中贬低清少纳言。

"紫式部是天之骄子，清少纳言是霜降时节野地里的弃儿，可悲啊！"某君如此讽刺道。

有人曾说："若是松松垮垮地握着毛笔，手指便无法用力。"的确如此，那么用手腕发力，写出的字会怎么样呢？"使用手腕就可以更好地集中力量，但会无法自由运笔，写出的文字自然也会变得别别扭扭。"

那些真正擅长书写假名的大家，宛如忘记手中有笔，也全然不在意对面的纸张。手指随意活动，是心随笔动，抑或是笔跟心走？他们只是将笔当作心与纸之间的媒介而已。这是书写假名的方式，至于汉字是否可以这样，那就不得而知了。

心仪之人不常往来，厌烦之人却屡次拜访，且将这个"他"看作是那个"他"，心情便会有所转变。等待也是一种喜悦，好恶原本就是人欲。本来无一物，何处惹尘埃？

回忆越远，思念越近。还记得某部政府常举办集会，商社等名人也常莅临，看到如此显赫的大人物，我的心犹如岷江之水那样震惊。古来《华严经》之偈曰："三界唯一心，心外无别法。"

落魄潦倒，浑浑噩噩，世人的嘲笑令我羞愧难当。人事变化无常，喜忧参半。恰遇良机，因此得势而尊贵无比，有人守株待兔般守候机遇。不过我始终心平气和，或许我志不在此吧。

此月该如何度过？家中无米，黄金等更是望不可得，我的工作不过是写写字而已，而且一张纸价值几何呢？日日为此烦忧，吟咏的和歌连自己都看不上，别说人们会如何评判了。百无一用是书生啊！写和歌是为了换取金钱养家糊口，想到这里更觉羞赧，写好的文章若是无人问津那更是羞愧难当。

春雪很深很深，松松软软　此种场景甚是新奇。此时有人捎信给我，想在雪中点火烤食物吃。平日里拘谨的人此时也会变得熟不拘礼，随意地挥毫泼墨。世人评判不同，甚为有趣，尤其是世人风传我性情乖戾。抛弃双叶绽放的春日却佯装无事选择秋天的一片残叶，抑或是落花有意，流水无情，真是很可笑。

　　滔滔厌烦名取川
　　无名之恋恼人心

还是自己来说明吧，不用说我是被冤枉的，子虚乌有究竟要如何传达？谁也无法理解别人的心吧。

一旦给出上句连歌①，有人就能立刻对出下句，既然如此，那就来一句"难居人世亦有趣"。刚写下来，师父笑笑说写得不好，只有田中美农子写出了上一句"如花往事不能忘"。座下人们窃窃私语。那时，座上的伊藤兴助正在为俳句而绞尽脑汁，那副模样甚是逗趣，田中从他怀里掏出纸，上面写着"战功赫赫为君死"，这人好像参加过中日甲午战争。座下学生们更是一阵骚动，还有人大声说话，田中也夸赞他写得真好。

　　老师命田中继续接下去，但他读到那句"战功赫赫为君死"便有了点临阵脱逃的意思。我也希望能逃过此劫，虽然装作看图画书看得很认真的样子。

　　笔杆过长不方便书写，有人说稍稍切断一些可能会比较合适，当真削去一些后手感果真不错。但有时削得过短反而会感到笔变得沉重，诚然如此。

　　长三洲②曾患舌癌，备受疾病困扰，无法正常生活，第一次手术切掉了腐烂的舌根，第二次手术又牵连到了喉咙，就连名望颇高的医学博士也无法保证手术能顺利进行。他膝下还有黄口小儿，孩子们若是没有父亲，那可怎么办？此人感到命不久矣，遂厌烦尘世，于是将笔墨纸砚置于病榻前，一日不停地奋笔疾书。

---

① 两个人以上交替吟咏和歌的上、下句，一直连下去。
② 长三洲，明治时期首屈一指的书法家，和福泽谕吉一起被誉为明治教育界的双璧。

长三洲去世以后，手稿装满了仓库，如此有名之人，不忍舍弃尘世，为子女留下很多废稿，所谓父母爱子失去理智是也。说是这样说，但孩子的确无用，长三洲一生清白，最终却落得悲惨的结局。

"这个人的书法壮丽端正，看起来充满黄金的气息。"京都的年轻人曾这样念叨。但我不能体会其中意思，只觉得心里有什么东西牵引，悲哀深重。

深得和歌见解的人很多，能写出完美和歌的人不多。严格按照歌论编写，便无法作出和皆自然的和歌，静静地思考不去顾虑歌论又只能是妄论。

一事一物都铭刻于心，便会拥有独一无二的事理，弄清本末。

纪贯之[①]是天生的歌人，景树[②]就是第二个贯之，他强调"调"，主张和歌应当安乐本真，而且适合吟咏，比如《桂圆一支》等作品，若是跟古今的诸多和歌比较，则相形见绌而余味不够。尽管如此，也不能说这个不如那个。走下坡路也是人之常情，迷失初心，最终忘记了自己的灵魂，举世皆浊我独清，一个人唱念古代，这个流派会变成什么样子？怕是只有

---

① 纪贯之（827—945），日本平安时代的随笔作家与和歌圣手，代表作《土佐日记》。
② 香川景树，日本江户后期歌人，号桂圆，主张以和歌原有的诚实感情为"调"，风格清新。与推崇《万叶集》的贺茂真渊相对立，建立"桂圆派"。

世尊[①]再世普度众生之时，和歌之路上的人才会稳健地回归古风吧。

世事无常真可笑，用毛笔稍稍蘸些墨汁，于白纸上书写，写出的和歌抒发己愿，不久被人称赞非凡绝伦，作诗的人本来无心，表扬的是何意？昨日的和歌才能今日归于平淡，回头望过去什么都没留下才是真的悲哀。

肉眼凡胎如何能鉴别玉石呢？胡乱说出毁誉之言的时候，张冠李戴的事情也有。生于这个年代被这种言论左右，是文人墨客的可怜之处。不愿被人瞩目，两耳不闻窗外事，静静地在笔墨之间驰骋的又有几人呢？只能尽人事听天命。

夜色浓重，月色朦胧，灯火渐渐暗淡，在破窗边的我思虑凝重，写不出任何东西。有人批评我性情乖张，有人赞我是"明治的清少纳言"，也有人称我为"女西鹤"[②]，还有人形容我宛若祇园百合[③]般令人恋慕，令人不由得怀念起小万茶屋[④]里吟唱往昔的风致。这究竟怎么回事？我不过是一个小官吏的爱女，没有技艺傍身，却与文学结下不解之缘，自己在荻之舍酌情做些无关紧要的事情，日日夜夜担心生计问题，心中

---

① 佛陀十号之一，《四十二章经》："尔时世尊既成道已，作是思维。"佛无论在世、出世间都尊贵，所以叫"世尊"，别号就叫"三界独尊号"。
② 井原西鹤，日本江户时代小说家，俳谐诗人。
③ 祇园，京都最大的艺伎区，百合相传为祇园的一位当红艺伎。
④ 小万茶屋，日本有名的传统茶屋。

幻想的不过是《古今和歌集》①的清澈高雅，《新古今和歌集》②的繁华优美罢了。

况且琵琶湖③幽邃神秘，紫式部的境界远非常人能及，没有谁会记得我这个无名之辈，我不过是将映于心上的东西写为具体的文字，这些文字其实并没有多少价值。

"怕见生人，性格乖僻。"世人大都这般评价我。世人都只认为我在情感上历经坎坷，也有心善之人为我留下悲哀的泪水，却从未有人看到我的诚心。算了吧，我知道不会有人肯为我付出什么。

花终须凋落，月有阴晴圆缺，如我这般度过一生的话，竟会得到一个性情乖庆的名号，被称作怪人。也许我这一辈子也不会拥有丈夫和孩子吧！悲哀，我宛如在谈论他人之事般可笑啊。

春日夕阳，斜照满园花朵，心中无限雀跃。不过三四天光景，家里便空无一物。我一个人静静地读书，也蛮有趣味。我穿着满是补丁的窄袖和服，外面套着短外罩，应邀参加某个集会，我一直担心衣襟残破会被人发现，也很可笑，粗俗之人的

---

① 《古今和歌集》是日本继《万叶集》之后的第二部和歌集，成书于905年，是日本第一部天皇敕命编选的和歌集，与中国的《诗经》一样，反映了当时的人文风貌。
② 《新古今和歌集》是元久二年三月（据序言）后鸟羽天皇主持下编纂完成的和歌集。
③ 紫式部曾在湖边不远的石山寺居住，在那写下堪称日本历史画卷的《源氏物语》。琵琶湖是这部鸿篇巨制的灵感源泉。

侮辱也可笑。

今夏又没去成江之岛①，也没去成箱根②。

"家里没有分文的存款，怎能享受风雅的美景？"别人如此说我。

明天，该怎么生活？所有的心愿都已落空，很有趣。想不到的事情也有趣，世间一切都是如此有趣。

---

① 位于日本神奈川县藤泽市境内。古时只有在退潮时，才能显出一条从对面湘南海岸通往此岛的沙嘴，涨潮时江之岛是独立的岛屿。
② 箱根是日本的温泉之乡、疗养胜地。

にごりえ

濁流

第一回

"喂，木村先生，阿信先生，过来啊，叫你过来你就过来好啦……过门不入，又去二叶那里是不？小心我一会儿过去把你抓回来……真去洗澡啊，等你洗干净啊……撒谎，谁知道你说的是真是假啊！"

女人站在门前，抓住脚上拖着木屐的相好，像是责骂一样喊喊喳喳。对方并不生气，只是一个劲儿地为自己开脱，说着去去就来，然后赶忙闪了过去。

"等你呦！"女人啧啧咂嘴，目送男人离开。"明明不会不回来，有了老婆就全完啦！"她转身跨过门槛，一个人自言自语。

"阿高，又发牢骚呢？不用太担心，有句老话怎么说的，破镜重圆嘛，也许他还会回来呢。别担心了，念念咒文①吧，说不定会灵验。"同伴安慰着她。

"阿力，我跟你可不一样啊。我没有你的本事，放走一个人就遗憾得不得了，像我这么倒霉的人就算是念咒文也不管用的，今晚我又得当看门的②吗？这都什么事，无聊。"

阿高气哼哼地坐到店门口，用低齿木屐的后跟当当地敲着地面。她啊，不到三十岁的模样，描眉画眼，前额也特意描了几笔，涂着厚厚的香粉，烈烈的大红唇让人想到吃人的疯狗，红过头就成了令人讨厌的东西了。

那个叫阿力的姑娘，不胖不瘦，身姿绰约，刚洗好的秀发绾成大岛髻，外加一支稻穗簪子，既时尚又清爽，白白的香粉一直搽到衣领处，更显雪肤花貌。她不拘小节袒胸露乳，半蹲半坐，一口接一口地吸烟，也没有人指责她不懂规矩。大花样③花纹的浴衣上松松垮垮地套着一条仿造的黑缎带，从后面露出绯红的平绗④。不消说，准是这地方的妓女。

叫阿高的姑娘用镍银簪子挠了挠天神髻，像是突然想起什么似的，说："阿力，刚才那封信寄出去了吗？"

"嗯。"对方百无聊赖地应了一声。

---

① 流行于吉原娼妓之间的咒文，用来招揽顾客。
② 意思是看守大门，这里表示阿高又要独守空房。
③ 和服的一种花纹样式。
④ 日本衣服裁缝时的平绗，平着暗缝。

"反正他也不会来的，不过是敷衍一下罢了。"阿力凄然一笑。

"用了两张长长的信纸，还仔细贴了两张邮票，这能说是敷衍？还有，在赤坂的时候你俩不就是老情人吗？怎么能因为一点儿矛盾就要绝交呢？你要是努力一下就没问题啦，你要动动心思结束这种局面啊，不要太不知好歹了。"

"你的意见我知道了，谢谢你跟我说这么贴心的话。我打心眼儿里讨厌那种人，就当作跟他没有缘分，死了心了。"阿力就像是在说别人的事。

"我真是败给你了。你是个大红大紫的人，就由着性子来吧。我可就完全不一样了。"阿高边说边拿起团扇，扇扇脚边，怪声低吟着"人生不再来"，又朝着街边路过的男子喊道，"进来坐一会儿嘛……"

黄昏时分，门前热闹起来。

这是两间连檐房宽的二层小楼，檐下神灯①通红，花帘翠幕，一派热闹景象，屋内摆放着一些空瓶子，有处空间堆放着数量繁多的名贵酒瓶，看样子该是账房。厨房那边传来扇七厘炭炉的嘈杂声响，老板娘亲自下厨，什锦锅之类都不在话下。高高挂起的招牌上煞有介事地写着"餐馆"，但要真有人贸然点些饭菜，他们会怎么说呢？"不巧今日卖光了。"这么说不

---

① 为求吉利而挂在门前的灯。

免可笑。再或者便直接说："我们只欢迎男性客人，请女性顾客移步他处。"其实这里面搞的什么名堂和买卖，人们都心知肚明，并没有乡巴佬跑过去定做茶前点心和下酒小菜。

阿力姑娘是这家店的当家花旦，虽然年龄最小，但招呼客人却有妙计。她并不费心去讨客人喜欢，平日相当傲娇。

"还不是觉得自己生得标致些，才那么自大？"同行的小姐妹们在背地里这样嘀咕。

不过，一旦跟她接触就会发现她性情非常好，为人亲切体贴又大方，哪怕女人也跟她难分难舍呢。相由心生，相貌上折射出一个人的本性，阿力面容标致肯定是心地善良的缘故吧。只要是来到这条新开业娼街的客人，没人不晓得菊井阿力的芳名。到底是菊井的阿力呢，还是阿力的菊井呢？

"哎哟喂，这可真绝世尤物，托阿力姑娘的福，这刚开业的花街也锦上添花了呢，老板该把这个摇钱树好好供起来啊！"四邻的同行们都羡慕得不得了。

阿高看看路边没人了，便说道："阿力，你这样的人可以什么都不在乎，但我总会莫名想到源七。他如今家道中落，也不是什么好主儿，但两个人真心相爱，这些东西并不那么重要，不是吗？虽说他年纪大还有孩子，但是你们情投意合还怕什么？你说我说的对不对？他确实有老婆，可你们也不是说分开就能分开的呀，没什么大不了的，找人把他叫过来吧。说起我那个人，他早就彻底变了心，一看见我的脸就恨不得找个地缝钻进去，这样的才是真无奈呢，我只能斩断情缘再去寻思其他人。可是你跟我不同的呀，只要你愿意，他二话不说一定赶走他老婆。不过话又说回来，你是有傲骨的人，一定不会真要跟源七在一起，那这样的话就更没有什么可牵挂的了。可以叫他过来吗？喏，快写信吧。听说刚才三河那边有人过来办事，可以叫那边的小子帮你捎信。咱又不是什么千金大小姐，别瞻前顾后的。你这个人啊，就是潇洒过头了，不管怎样先写信吧，源七也是怪可怜的呢。"阿高絮叨着。

阿力凝神擦拭着烟袋锅，埋下头一言不发。没过一会儿，她拿起明晃晃的烟袋锅深深吸了一大口，砰地敲打一下，然后点上火把烟递给阿高，说："你给我当心点，就站在店门口说这话，让别人听见了多不好，别让人以为我菊井阿力的情人是搬砖小工。那些都是往日的残梦罢了，我已忘得一干二净，什么老源啊，什么阿七啊，我都不记得了，往后别再说这种话了。"

阿力说着就站了起来，恰巧门口走过一群绑着腰带的小伙子，阿力立刻喊了起来："这不是石川先生和村冈先生吗？是不是忘了阿力的门啦？"

"哪有啊，这声音可真带劲儿，过门不入可说不过去啦。"客人说完便直接走进小馆，走廊里响起嗒嗒的木屐声。

"姐姐，上酒！"

"啊，什么下酒菜？"

三味线的琴声和狂舞的廷音交织在一起。

第二回

下雨天，一个约莫三十岁的男子头戴着高帽子百无聊赖地走过大街。要是不把那个人抓住，在这个鬼天气里怕是不会有客人来了，阿力冲出去抓住了那人的衣袖，娇声软语道："就不放你走。"

美色就是女人的武器，阿力把少见的有钱人请到了二楼的六叠房间里，没弹三味线，两人悄悄地说着话。客人问了她的年龄名字，之后又开始询问出身。

"你是士族吗？"

"我不告诉你。"

"那就是平民喽。"

"是吗？我也不知道。"

"那就是贵族啦？"客人哈哈一笑。

"是的啊，我也是这么想而呢，现在可是贵族小姐亲自给你斟酒呢。"

"承蒙小姐关照，在下有愧。还有这么没礼貌没规矩的做派啊，你这是小笠原流①，还是什么流派啊？"

"这叫作阿力流，只在菊井楼，独家派系。有把酒杯直接放在席子上擦来擦去的做法，还有大碗口盖子一口闷的饮法，不过呢，不给讨厌的人斟酒，这是最重要的原则。"阿力面不改色地说。

客人越发觉得这个姑娘有趣，又开始询问她的身世经历："一定有非常凄艳的故事吧？你不是个普通女孩子。"

"你看，我额头上也没长角啊，我背上也没壳呀！"②阿力咯咯地笑着。

"快别打岔，我想听你的真心话。要是不说经历的话，那么说说期望吧。"客人语带责备。

"不好说啊，要是说出来保准吓到你，那觊觎整个天下的大伴黑主③可就是我呢。"阿力笑得越发厉害了。

"这可如何是好，快别打趣了，跟我说点真的吧。虽说你平日里总是说些谎话逗弄客人，但多少也会有点真情吧。有过

① 日本茶道的代表流派，以"和、敬、清、闲"为基本的茶道理念，以日本最高礼法——小笠原礼法为基础形成。
② 意为自己既非头上长角之"鬼女"，亦喜修积功德。
③ 大伴黑主，平安歌人，六歌仙之一。

213

丈夫吗，或者是为了爹娘？"

客人认真一问，阿力心里不由得一阵凄凉。

"我也是个人啊，我心里也有难过和悲伤，父母过世得早，如今只剩我一个人。虽然我沦落风尘，也并不是没有人想娶我，只可惜到现在也没有结过婚，像我这样出身下作的女人，也活该一辈子靠做这种事来了此残生。"

轻描淡写的倾诉中，似乎充满了无尽的哀愁。看来她的内心并不像外表这般妖里妖气。

"再怎么出身卑微的女人，也是可以找到丈夫的。更何况你这么有姿色，回头就能钓到金龟婿。你是不是根本不喜欢豪门太太的单调生活呀，或许你天生有豪侠气概，喜欢那些系着三尺腰带的江湖男子呢？"客人继续追问。

"也许吧。我喜欢的人不喜欢我，喜欢我的人我不中意，我就当自己是一个轻浮女人，每天得过且过吧。"

"不，我不相信你没有相好的，刚才在店门前不是有个女人一直说着谁谁还不错，要你捎信给人家嘛。你身上一定有故事，说出来听听。"

"哎呀呀我的大老爷，你可真是刨根问底啊。我的相好有一大堆呢，来往的信件不就是废纸一张？誓文也好证明也罢，让我写我就写，按照他们的喜好写什么都成。就算是要跟他约定终身也照写不误，因为打破誓约的人从来不是我，总是对方先没了主意。有主家的惧怕主家，有亲人的听亲人的，要是对方变了心我绝不会死缠烂打，对方说算了吧，那就算了。尽管相好的人不少，但没有人值得我托付终身。"阿力的喃喃低语中流露着孤苦无依的飘零之感。

"不要说这些没用的伤心话了，我们开开心心地玩一玩吧。我最讨厌这么垂头丧气，快动起来动起来，热闹起来啊！"

阿力拍拍手，呼朋引伴。

"阿力姑娘，真是如胶似漆啊。"有个三十岁左右浓妆艳抹的女人走了过来。

"喂，这个姑娘的老情人叫什么？"客人突然发问。

"啊啊——我还从未请教过先生大名呢。"①

"要是不说实话的话，盂兰盆节的时候可没法去参拜阎王殿啊。"客人笑着戏谑。

"这么说的话，您好像也是第一次来这里吧，第一次来这里坐坐，我还想请问您尊姓大名呢。"

"这叫什么话？"

"就是想知道您的名字呢。"

"再胡说的话，阿力可要生气了。"

两个人互相斗嘴，阿高又借势问道："那么我来猜猜您是

---

① 阿高反问其名，造成他即为阿力相好之人的效果，为让男子高兴。

215

做哪一行吧。"

"请看。"客人伸出手来。

"不，不是手相，我是要看面相的。"阿高一本正经地说。

"好啦好啦，这么仔细地盯着人看，我真是败给你了，看吧，人都说我是官老爷呢。"

"别瞎说了，哪有当官的在工作日出来玩啊。阿力你说他到底是干什么的？"

"反正不是妖怪。"咕哝了一句，"猜中的人大大有赏。"客人从怀里拿出钱包。

阿力笑呵呵地说："阿高姐姐你可别再说些不着调的话了，这位可是名门贵族的大公子啊，人家现在可是微服私访呢。还说做什么活计，人家可不需要亲力亲为啊。"

阿力一边说笑着一边爬到蒲团上把钱包拿过来。

"把这个交给高尾，每个人都有份儿啊。"阿力还没等对方答应就自顾自拿出钱，客人靠在一旁柱子边静静地注视着，并没有生气。

"由你差遣。"这个客人真是大度。

阿高在一边都看呆了，说："阿力差不多行了啊。"

"没关系的……这是你的，这是姐姐的，这份厚的拿到账房去，剩下的大伙平分，你们跟老爷道完谢就散了吧。"

这是阿力姑娘的看家绝活，其他人也都不以为意。"老爷可以吧？"阿高一再询问，然言道了一声谢谢，把钱都搜罗一番，离开了。

"这哪里像十九岁的姑娘啊，多么老奸巨猾！"客人在那里哈哈大笑。

"你在这里说别人的坏话。"阿力过来掀开纸门。她倚着栏杆，敲着脑袋，嚷嚷着头疼。

"你呢，你不想要钱吗？"客人问。

"我有其他想要的东西，这个我拿走了，"遂从腰带间拿出客人的名片，"我要这个。"

"你什么时候拿走的？当作交换，给我一张你的照片吧。"

"下个周日还要来啊，到时候咱们一起照相吧。"阿力并不拦住想回家的客人，在身后给他披上外褂。"今天真是失礼了，期待你再次来玩。"

"别只是说说而已，可不能给我开空头支票呀。"客人英姿飒飒地走下楼梯。

阿力拿着帽子追在后面。"谎话也好真话也好，要忍耐九十九夜才能知道啊①，菊井的阿力可不是一成不变的女人呢，说不定改天就会变卦呢。"

听说大老爷要走了，姐妹们、账房的老鸨都出来相送，一

---

① 典出谣曲《通小町》，讲的是深草少将同小野小町的恋爱故事。

同拜谢。叫来的洋车已经等在门口，大家都热情满满地把他送到街上，不消说，这份情谊肯定是金钱的作用。人们纷纷说，阿力姑娘就是大明神② 啊！

② 日本神道教中神的称号之一。

第三回

客人名结城朝之助，自称良子领袖，本质上却挺诚恳。看起来他是个无事业无妻儿的人。正是血气方刚爱玩的年纪，自从上次来过之后，每周都要过来两三次。阿力也很喜欢他，真是一日不见如隔三秋，几天没来就会格外思念，非要写信不可。

同行的小姐妹们从旁嫉妒，戏弄她说："阿力，你瞧你有盼头啦。人家一表人才还大方阔气，将来一定会出人头地的，到那时你就去当少奶奶了。所以从现在开始就要注意言行啊，走路啊吃饭喝汤啊，通通要改．不然会惹人讨厌的喽。"

"要是源七知道了，说不定会发狂的。"也有人这样讥诮。

"喂喂，拜托你们好好修修这条路吧，脏水沟盖嘎吱嘎吱响，根本站不住人。我坐马车过来看你们时多不方便啊，还有你们啊，从现在起也要讲规矩，学会伺候人，干什么都要注意哟。"阿力毫不客气地顶了回去。

"哟，真是气人，你这得理不饶人的架势就跟少奶奶的气质不符，等结城先生来了我们就告诉他，叫他收拾你。"

结城先生过来了，她们果然跑过去叨念："我们可拿她没办法，等你来教训教训她。首先用大茶杯喝酒就是不好的啊。"

结城先生非常严肃地训诫道："阿力，酒要节制一点儿。"

"哎，这话可不像你说的啊。你知道，我阿力之所以能勉强干这行不全靠这玩意儿吗？我身上要是没了酒气，那我的房间不就变成三昧佛堂了吗？你也应稍稍体谅体谅我啊。"

"也是也是。"结城从此不再多言。

一个有月亮的晚上，楼下坐进来一群工人，他们敲盆打碗，大吵大嚷，大部分姑娘都在下边屋里作陪。结城和阿力照例坐在二层的小隔间里，结城躺在床上高兴地聊天，阿力却满腹心事的样子，回答得含含糊糊。

"你怎么了，是不是又犯头风了？"结城问。

"不头疼，哪儿也不疼，只是老毛病。"

"你的老毛病是闹脾气吗？"

"不是的。"

"妇科病？"

"不是。"

"那是什么呢？说来听听。"

"我说不出来。"

"我不是外人，对我你没什么不能说的。到底是什么病？"

"我并不是生病了，就是这样发着呆，这样想事情罢了。"

"真是难对付啊，你好像藏着很多秘密哦。讲讲你父亲吧。"

"不告诉你。"

"你母亲呢？"

"一样不说。"

"迄今为止的经历？"

"我不想告诉你。"

"好啦，你就算是编谎话也说些什么吧。一般情况下女人都会哭诉自己的不幸，况且咱们又不是头两次见面，你跟我讲讲也不碍事的。就算你自己不肯说，你的这点儿心事啊，跟街角的盲人按摩师打听打听也就知道了。不过我不会去问他，我只想知道你这个无关紧要的事情，先问问你到底有什么老毛病？"

"好了好了，说也无益。"珂力根本没理这茬。

这时候有个小姐妹从楼下端来杯盘，她跟阿力耳语："你好歹下来看看吧。"

"不，我今晚不想下云，你替我挡挡，就说我陪客人喝得烂醉如泥，就算是见到了也没法说话。你去替我回绝一下吧。"

"哎，这个人真是难弄。"那女人皱着眉头叹气，"你这个样子可以不？"

"可以。"阿力摆弄着膝上的三味线拨子。

那个女人满腹狐疑地退出了房间。

结城见状笑着说道："不用考虑我，你去吧，还是去见见吧。怎么说也得去客套一下吧，不能让心上人徒劳而返啊。快出去跟他见见，或是把他叫到这里来也行，我就偷偷藏起来，绝对不打扰你们。"

"你别开玩笑了。结城先生，瞒着你也没意思，我就跟你说了吧。这个人叫源七，过去有一家小小的被褥铺子，我们没多长时间就熟络起来，不过如今他穷得不成样子，一家人蜗居在蔬菜店后面的小破房里，他有老婆孩子，也不是来这里寻欢的岁数了。或许是缘分未尽？他还时不时过来，现在就在楼下坐着呢。我也不是说看他破产就想甩了他，只是见了面也是徒增烦恼。所以就这样让他回去才是最好的办法。即便他恨我，我也铁了心，什么牛鬼蛇神的随他去骂我吧。"阿力把拨子放到席子上，探出身子看着外面的街道。

"看见了吗？"结城逗她。

"嗯，好像已经走了。"阿力茫然地说。

"你的老毛病就是这个吧。"结城见缝插针。

"嗯，或许是吧。名医也好，草津的温泉①也好，全都不管用。"阿力脸上挂着凄惨的笑容。

"真想见见本尊呢，你说他长得像哪个演员不？"

"你要是见了保准吓一大跳。他又黑又高，简直就是不动明王②幻化出来的。"

"但你还是喜欢他？"结城问。

"在这种地方散尽家财的人啊，除了心眼好以外就没什么可取之处了。他是个不懂幽默、呆板无趣的人。"

"那你为什么偏偏喜欢他呢？这就是我最想知道的地方。"

"可能是我太滥情了吧。最近这些天没有一天不梦见你呢，有时候梦见你有了夫人，有时候梦到你再也不来了，还有很多更加伤心的梦呢，早上起来枕头都被泪水浸湿了。身边的阿高却睡得那么香，还打着呼噜，我多么羡慕她的好心情啊。我可不行，不管白天多么劳累，只要一沾枕头就异常清醒，各种各样的事情在脑海里盘旋。感激您能体谅我有心事，但是不会有人明白我到底在想些什么，正因为我知道想也没用，所以在人前总是装作一副开开心心的样子。人人都说菊井的阿力没心没肺，更有甚者骂我根本不知人间疾苦。可能这就是因果循环

---

① 群马县的草津温泉，有句谣曲："相思病啊，治不好。"
② 佛教的守护神。形象为满脸怒气，右手握剑、左手执缰，身披火焰，并有八大金刚童子相从。

吧，再没有像我这么身世悲惨的女人了。"想到这些，她忍不住潸然泪下。

"听你说了这么多伤心话，真是难得啊。想要安慰你却不知从何说起，你要是真的梦见我，就该跟我说娶我当你老婆吧，但是你好像根本没这个意思，这又是怎么回事呢？或许这么说过于迂腐，'萍水相逢也是前世的因缘'，你要是讨厌这个行当完全可以跟我明说啊。我还以为你就是想通过这个取乐消遣，当作一个度日的好去处呢。你心里到底有什么苦衷才不得不一直待在这里呢？要是觉得可以的话，就告诉我吧。"

"其实我很想对你说，但是今晚怕是不行了。"

"为什么？"

"不为什么，我就是这样任性，我要是不想说无论怎样都不会说的。"

阿力猛地站起来，沿着廊檐向外边走。夜空明朗，月色清凉如水，街上回荡着木屐嗒嗒的清脆声响，从楼上能清楚地看见路上行人的身影。

"结城先生。"阿力叫他。

"干吗？"

"到这来，快，坐到这里来。"阿力过去拉上他的手。

"你看，有个小孩子在水果店买东西，真是可爱啊，才刚满四岁吧。这孩子就是刚才那人的儿子，那小小的心里也深深地恨着我，要不然也不会见到我就说我是鬼啊鬼啊的。唉，我真的是一个坏人吗？"

阿力抬头仰望着无垠的夜空，发出了一声哀伤的叹息。语调中满是难过与悲伤。

第四回

　　在新开业的大街尽头，有两家铺子，一家蔬菜铺子，一家理发店，巷子窄窄的，铺面几乎都要连起来。雨天时候打个伞都会转不开身，一不小心脚就会落进坑坑洼洼的小洞里。路两边都是旧式的大杂院，胡同尽头的垃圾堆旁有一座九尺长的二间破屋子，门窗从来关不严实。

　　还好这里有着三尺多长的廊檐，带着青草萋萋的空地，主人用篱笆圈起来种些紫苏、翠菊和四季豆什么，枝蔓缠绕着竹篱笆，这就是阿力那个相好源七的家。

　　源七的老婆叫阿初，二十七八岁，被贫困折磨的她看起来至少要比实际年龄大上七岁。牙齿脱落了黑浆[①]，眉毛也不事修

---

① 日本以及一些东南亚国家过去以"黑牙齿"为美，女性在成人礼或结婚之时都会将牙齿涂画成黑色。

饰，身上那件洗得发白的鸣海浴衣①，前身后身全都调换过了，膝盖部分还缝着很多不显眼的绉密针脚。她利索地绑着一条细腰带，在家里编藤席来当副业。从盂兰盆节开始到暑热时分该商品正走俏，于是阿初加班加点忙着编织。备好整齐的藤条从天井上垂下来，为的是多省一些工夫。她心里只期盼着能多做一些，所以目不转睛地盯着手上的活计。天可怜见！

天色已晚，太吉怎么还没回家？源七又跑到哪里去了？阿初收拾好后狠狠吸了一口烟，疲倦地眯着眼睛。然后起身给茶壶下面添了点儿火，又取出一块炭放到熏蚊香的火盆里，把火盆拿到三尺廊檐上。火盆上堆满了拾来的杉树叶子，用嘴吹上两下，很快就噗噗地冒起了白烟，蚊子嗡嗡嗡地全逃到檐前去了。

太吉嘎吱嘎吱地踏着盖沟板回来了。

"娘，我回来了，我把爹也带回来啦！"孩子站在门口叫唤。

"怎么回来得这么晚，娘还以为你去寺庙的后山上玩去了呢，快进屋！"

太吉先一步跳进了屋子，源七随后也无精打采地撞了进去。

"哎呀，他爹回来啦！今儿太热了，我想着你应该会早点儿回来，所以早就把洗澡水烧好了。看你流的这一身臭汗，太

---

① 系指名古屋一带染花布，"前后身都调换"是指将前身磨损的部分同后身较新的部分相调换，继续穿着。这里是形容阿初生活的窘迫穷苦。

吉也快去冲个澡吧。"阿初说着。

"好的。"太吉马上解开腰带。

"等一会儿，娘先看看水。"她把水盆放到洗涤槽边，从锅里舀出热水，用手搅了搅，然后把毛巾放进去。

"好啦，你去带孩子洗澡吧。怎么这么没精打采的，不是中暑了吧？先去洗个澡再喝上一杯，舒舒服服地吃晚饭，太吉也等着呢。"

"啊！"源七像想起什么一样，解开腰带来到厨房，往日情景不由得涌上心头，做梦也没想到自己竟然会在九尺二间的厨房用盆子冲洗身体，而且在工地上做小工推大车。爹娘生我于世绝不是让我去做苦力的呀。哎呀，干吗总是做这么无聊的白日梦呢？他越想越难过，连澡也忘了洗。

"爹爹，给我擦擦背啊——"天真的太吉在一旁催促。

"你们爷俩在那里喂蚊子啊，快点洗完出来吃饭。"阿初也在外面提醒。

"知道了。"源七给太吉擦洗一番，自己也冲了澡。

沐浴完毕，阿初拿出一件平整的浴衣叫他穿上。

他系好腰带坐到通风凉快的地方，阿初摆好一张四角松动的旧饭桌。

"有你爱吃的冷豆腐呢。"

一碗凉水上泡着冷豆腐，上面还漂着一些香香的紫苏叶子。太吉也不知什么时候从架子上端下饭锅，嗨哟嗨哟地抬了出来。

"你这小鬼，坐到这边来。"源七摸着太吉的头，拿起了筷子，心里却觉得有事情堵着，食不知味，嗓子也哽咽。

"我不吃了。"他放下碗筷。

"这怎么行呢，干体力活的人不能连三顿饭都吃不下啊！你是不是哪里不舒服，还是今天累着了啊？"阿初问。

"没有，什么事都没有，我只是不想吃而已。"

妻子悲戚地看着丈夫："你怎么又这样啊？虽说菊井那里的饭菜好吃，但你也得清楚自己的处境，想那么多又有什么意思呢？那里就是金钱的地界儿，人家当然不能像以前那样对你了，在街上走一圈就能明白啊。她们擦着香粉穿着好看的衣裳，专门魅惑男人。不管是谁都会被耍得团团转，这就是人家的营生啊。唉，如今我穷困潦倒，她们就不理我吗？这样想想也许就能明白她们只认钱啊。恨她说明你还在乎她，后街酒屋的那个小伙子你也知道吧，也被二叶屋的阿角迷得神魂颠倒，把店里的钱全部私吞了。为了填补亏空竟跑到雷神虎的赌局里去赌钱，慢慢地开始学坏，最后还去仓库里偷东西，现在正蹲在监狱里吃牢饭呢。而他的相好阿角呢？人家跟没事人似的，依然开开心心地过快活日子，也没有人去追究她，生意反而越发兴隆了呢。你要是这么想想，就会知道这是她们的一贯伎俩。被她们骗的人才是真傻呢，要是能这么想的话就不会那么难过了。与其胡思乱想还不如振作起来努力工作，好好存些钱。你整天这样无精打采的，我和孩子的日子也不好过呀，照这样下去，搞不好有一天会露宿街头呀。你要像个男子汉一样当断则断，如果赚了大钱，别说阿力，就连什么小紫啊、扬卷①啊，建个别墅随你纳多少妾都可以。别再胡思乱想了，好好吃饭吧。看，小鬼也不高兴呢。"

太吉放下碗筷，来回看着父母的脸，一头雾水的样子。

"咱们有了这么可爱的孩子，你还是忘不了那个狐狸精，这到底是造了什么孽啊？"

源七感到好像被什么东西攥住了胸口，来回搅动。"我知道自己没出息。"他大声咒骂一句，"不，我自己也不想像傻子一样。别在我跟前说什么阿力了，你一说我就想起过去那些不堪的破事，更抬不起头了。如今我变成这个样子还能有什么念想啊，不想吃饭只是因为身体不舒服。你不要多想，快点儿让孩子吃饭吧。"

源七说完便一骨碌躺下，用扇子呼呼地扇着胸口。蚊香的缕缕青烟虽不呛口，暑热的思念却黏稠地裹着身体。

---

① 歌舞伎《助六所缘江户樱》中吉原三浦屋的妓女。

第五回

"白鬼"是谁给她们起的称谓？她们是"无间地狱"[①]入口处的一处景致，虽然看不出哪且设有诡计，但拜她们所赐，有人跌落到血池，有人被追到借贵的刀山上。"进来坐啊"的甜言娇语像要吃掉雏鸡的毒蛇一样令人毛骨悚然。

她们也是十月怀胎出来的人啊，曾经吮吸母亲的乳房，用小手咿咿呀呀拍打的模样也是极为可爱；当拿出点心和纸币问她们要哪一个的时候，谁都会伸出小手讨要点心吧。虽然她们现在做着不堪的皮肉生意，但是一百个人里总有一个是真心流着泪水的。

"我跟你说，那个染坊庄老辰啊，昨天还在川田店前

---

① 佛家用语，八大地狱之一，又叫阿鼻地狱。

跟那个丫头片子阿六拉拉扯扯，竟跑到马路上你打一下我拍你一下，你说这成何体统。跟那么轻浮的人怎么会有将来呢？也不看看自己今年多大了，前年就三十了。差不多就别玩了，好好地成个家吧，每次都这么提醒他。他也就嗯嗯哈哈的，光说不做，压根儿就没想过浪子回头。父亲上了年纪，母亲眼睛又瞎，他应该早点让二老安心，早点定下来啊。即便这样唠叨，我还是会给他洗洗缎褂，缝缝补补。那颗飘飘荡荡的心什么时候才能落地啊？一想到这些就觉得心烦意乱，也没心力去招呼客人了。"

那个女人用成日里欺哄客人的三寸之舌讲述着自己的辛酸故事，头疼得陷入沉思。

"呀，今天是盂兰盆节啊！参拜阎王的小鬼们，全都穿着花枝招展的浴衣，拿着可爱的小钱包，兴高采烈的。想必他们的爹娘一定是有出息的能耐人吧。我的儿子与太郎今天也应该跟休息的爸爸一起出去玩，但是不管在哪里玩，他一定只有羡慕别人的份儿。爹是个十足的酒鬼，居无定所，娘又堕入风尘涂脂抹粉，就算他知道我的住处也肯定不会来看我。去年到向岛看花的时候，我梳着大圆髻，打扮成小媳妇儿的模样，跟同伴的小姐妹们一起游玩，在河堤边的茶屋看见了那孩子。

"我喊他过来，孩子被我这装嫩的打扮惊得半晌没说话。

是娘吗？他一副惊恐的表情。要是他看见我梳着岛田髻，插着应景的花簪子，跟客人你追我赶打打闹闹的样子，心里得有多么悲切啊。去年见到他的时候，他说自己在驹形①的一家蜡烛铺里做工，说自己不管多么艰难都会坚持，长大成人后一定会让爹和娘过上好日子。在他长大之前，请为娘我无论如何一定要找个正当职业，一个人清清静静地过日子，千万不要随便嫁人。

"可悲的是我一个女人家，只贴火柴盒连自己都养不活。而且我身子骨羸弱，也无法在人家厨房里干活，只能在都是辛酸的活计中选择一个相对轻松的吧。就这么浑浑噩噩地过着，我并不是天生贱货啊，有我这个上不了台面的老妈，那孩子一定很憋屈吧。平日里觉得无碍的这个岛田髻，如今越看越羞。"

这个窑姐儿在黄昏的镜子前独自垂泪。

那个菊井楼的阿力也是一样啊，她不是什么恶魔转世，只是由于种种缘故堕入风尘，每天在欺哄和谎言中度日。都说情如纸薄，短如萤光②。人生百年，也必须强忍着泪水，哪怕有人因自己而死，也要咽泪装欢。久此以往，这些愁苦的事情、这些可怕的经历积压在心，就连哭泣也要躲到二楼的小房间里避人耳目，偷偷地趴在床上极力压低声音。就算再难受，也从不

①　是东京都台东区的町名，分驹形一丁目与驹形二丁目。
②　奈良吉野县所产的纸张薄而韧性强，日本人常用来轻容感情和缘分的浅薄。

会跟姐妹们诉说苦闷。人人只说她性格坚毅，却不知她敏感的神经，脆弱如蜘蛛的丝，一碰即断。

七月十六日的晚上，各个妓楼都热热闹闹，情歌小调此起彼伏。菊井楼的一层也聚集着五六个人，唱着跑了调的纪州歌谣，还有人扯开破锣嗓子使劲唱起花魁哀歌，装腔作势，矫揉造作。

"阿力，让大伙儿也听听你的心事嘛，来一个、来一个！"旁边有人起哄。

"奴家不指名道姓，那个人啊就是在座其中一位呢。"阿力照常哄客人们开心，在欢声笑语中，"吾之思慕，犹如山涧独木桥，走着害怕不走又……"

突然间，她好像想起什么事情。

"我先失陪一下，不好意思各位。"她把三味线放下，站起来走了。

"去哪儿啊？别跑——"客人们一阵骚乱。

"阿照姑娘，阿高姑娘，拜托了，我马上就回。"

她直接跑到廊下，匆忙穿上鞋，径直消失在对面黑暗的小胡同里。

阿力一溜烟跑出家门，要是能够一直跑的话，真想就这么跑到天竺大唐，跑到天涯海角去。唉，烦烦烦，怎么样才能找到一个没有任何声音的地方呢？静静地，到一个可以让心灵沉静下来的地方。没意思，无趣无聊，在这无情悲哀慌乱的人间，何处是我停泊的港湾啊？这就是我的一生吗？我的一生就是这样的吗？好烦啊好烦啊——

她倚在路边的树上，光恍惚惚。"走着害怕不走又……"方才自己的声音不知从何处飘了过来。

"没办法啊，我不得不去走这个独木桥。爹就是过桥的时候掉下去的，听说爷爷也是如此。我背负着好几代人的怨恨，就是想死也死不了的。不管多么痛苦，也不会有人来可怜我。要是我稍稍说些不如意的话，人们就会说我是不是不想干了。随便吧，爱怎么样就怎么样。想得越多就越不知道该如何是好，就这么浑浑噩噩地当我的菊井阿力吧。不要理会人情不去考虑义理，再不要想些没用的东西，再想下去也是无济于事。这样的身世因果，就是我的宿世。不管怎么做我都不可能像普通人那样，那么我去想这些属于普通人的心事只是让自己徒增烦恼罢了。啊啊，怎么总说这么丧气的话啊，我站在这干什么？我怎么自己跑到这里来了？我又精神错乱了，连自己也弄不清了，算了算了，还是回去吧。"

阿力走出阴暗的胡同，来到热热闹闹的夜市，思绪恍惚地在街道上闲逛。人影交错间，路人都变得小小的，而擦肩而过的脸庞也都越来越远似的。脚下的土地仿佛升起了一丈高，远处传来嘈杂的人声，仿佛掉入深井一样遥远。人的声音是人的声音，我的心事是我的心事，此时没有任何事情能扰乱心绪。走过一群看热闹的人，原来是一对夫妻在屋檐下吵架。感觉自己置身于冬季枯黄的荒原，心如止水万物皆空，感觉不到周遭的变化。她突然感到血涌上头，怀疑自己是不是丢了心智，她怕自己会突然发疯，于是停在路边。

"阿力，去哪里啊？"有人拍了拍她的肩膀。

第六回

"十六日那天一定要过来呀。"她压根儿就没想起自己说过这样的话。

忽然在街上与结城朝之助相遇，阿力一副受惊的表情。看到她慌张的模样，结城哈哈大笑起来，与她平时不同，很可爱。

阿力却羞羞地说："刚才我一边走路一边想事情，不经意间碰见你觉得有点慌。谢谢你今晚来看我。"

"明明约好了为什么不等我呢？怎么不守约呢？"结城责怪道。

"你怎么说我都行，回头再跟你解释。"阿力牵着他的手往前走。

"人们看见会起哄的呀，当心点儿吧。"结城提醒她。

"爱说什么就让他们说什么呗。"阿力拉着结城从人群中穿过。

楼下依然热火朝天，他们正因阿力的中途退席而嚷嚷着扫兴呢，有人在门口喊了一嗓子："哎呀，回来啦！"

"哪有把客人晾在一边自己跑出去的道理呢，既然回来了就坐过来吧。"

阿力却连瞅也不瞅一眼，完全把这伙人的抱怨当成耳旁风，直接拉着结城上了二楼。"今晚我头疼病又犯了，不能陪大家一起喝酒了。要是跟大家坐一起，怕会被酒气熏醉的，到时候做什么就可不由得我了。容我失陪一下，今晚对不住了。"阿力给大家道歉。

"这样合适吗？客人们不会生气吗？到时候闹起来可就麻烦了。"结城在一边很是担心。

"都是一些小店的生瓜蛋子呢，他们能闹出什么名堂？要是生气随他们去。"

阿力吩咐小丫头备好酒菜，然后迫不及待地对结城说："结城先生，我今晚觉得有点不对劲，总是感觉气不顺。让我们一醉方休吧，要是我醉了你就照顾我。"

"我还没有见你喝醉过呢，但是你放开了喝也没关系吗？不会头疼吗？谁惹你了，不能跟我说说吗？"结城问道。

"不是哦，我想说给你听听，等我醉了就会告诉你的，到

238

时候你可别太惊讶呀！”

阿力嫣然一笑，而后拿出大茶杯，接连喝了两三口酒。

平日里并未过多关注的结城，今宵却感觉风采如此与众不同，他这个人魁梧有型，谈话冗稳淡定，语气从容不迫，注视着你的时候，眼神也透出一股威严，令人心生好感。浓密的黑发剪得短短的，发际线清晰分明，阿力像第一次看见似的望着对方。

“你怎么了，这么痴痴傻傻的？”结城问她。

“我在看你。”

“你这家伙！”结城斜着眼睛瞅了她一眼。

“啊，您好可怕啊！”阿力笑了。

“别说玩笑话。真的，你今晚不太一样，我要是问你又怕你生气，不知道你到底有什么事情。”

“没有什么事找上门来。跟人闹别扭是常有的事，我压根不会在意，更不可能去想那些鸡毛蒜皮了。我有时就会这么喜怒无常，跟别人没关系，可能是我的心里太凄惨了吧。我是如此卑贱，而您却是名门子弟，我们思想不同。我要是对你讲了，您能否明白我的心境，我一点儿头绪也没有。你要笑话我那就笑话吧，今夜我就毫不保留地告诉你一切。”

唉，想倾诉的时候胸口却顼乱起来，说话也不利索了。阿力又呷了一大口酒。

"首先，我承认自己是一个堕落的女人，不是什么黄花大闺女，你多少也知道我们一行的吧。若是非要说得好听些，立个牌坊标榜自己是什么出淤泥而不染的莲花，濯清涟而不妖的话，别说生意繁荣了恐怕就连个过来瞧瞧的人都不会有呢。您同那些来这里找乐子的男人不同。有时候我也会想想普通人的事情，我觉得普通人都没有这么多可耻的事，苦难的事，所以我就想干脆找个人嫁了吧，让自己安定下来，但，我就是不能完全下定决心。那么就别对客人那么亲切了吧，可，连这些也做不到。想你啦、爱啊、一见钟情啊，每天都信口胡说。其实也有真心想娶我回去做老婆的，要是娶我我会开心吗？真的愿意跟人家在一起吗？这些我自己也搞不清楚。我对您一见倾心，一日不见就思念如麻。但若是您对我说，做我的太太怎么样？我又怕我会厌倦一成不变的生活。可是你不在身边我又想你，一言以蔽之我就是水性杨花吧。可是，谁将我变成这么风流的人呢？我家祖孙三代都是无能之辈，我父亲受了一辈子苦——"

　　阿力泪珠儿洒落。

　　"你父亲是做什么的？"结城问道。

　　"我父亲是手艺人。爷爷也是读过方块字①的文化人，只是跟我似的有些癫狂。他写了一些文字，被当局禁止出版，郁

_____

① 指汉字，当时日本知识分子皆能阅读汉字。

240

郁不得志绝食而死。他虽出身寒门但立志向学，从十六岁起就立下宏图大志，直到六十岁依然一事无成，到末了成为人们的谈资，如今也没人记得他的名字了。因为父亲总是叹息着这些往事，所以我从小就了解到了家里的情况。我父亲呢，三岁时不小心从屋檐上摔下来后成了瘸子，因为看起来太奇怪，所以他不愿意到众人面前丢丑，就窝在家里搞一些五金器具的装饰修理。他为人心高气傲，所以也没有经常捧场的主顾。我还记得七岁那年冬天发生的事情，数九寒天里我们一家三口都只穿着旧衣裳，父亲像不觉寒冷似的一直靠着柱子做他的手工活。炉灶缺了一角，母亲在上面支着一个破锅，叫我去买东西。我一手握着笊篱，一手拿着零钱，蹦蹦跳跳地来到米店门前。回家的路上寒风刺骨，我的小手小脚都快冻僵了，在离家还有五六间屋子的时候我踩到了一块冰，脚底一滑摔倒了。手里的东西也甩了出去，米从缺了一块板子的沟板缝里哗啦啦地散落了。沟板下面是脏兮兮的污泥，我望了又望却没有办法拾起来。虽然那时候只有七岁，但是家里的情况、父母的心情，我都是能理解的。在半路上把米全撒光了，我不能提着空空的笊篱回家。一个小女娃站在路上哭泣，没有人过来问问怎么了，更别说帮我再去买点儿米了。要是那个地方有河或是汇塘的话我早就跳进去了。现在的话语连当时百分之一的苦痛都表达不出来，我就是从那个时候开始精神不正常的。看我这么晚还没回家，母亲就出来寻我，把我带回去后，母亲没说一句话，爹也沉默着，谁也没有骂我，整个家都寂静无声，偶尔听到几声叹息，别提多么难受了。

"'今天绝食一天！'直到爹说出这句话，我才终于敢喘上一口气——"

说到这里阿力泪流满面，她用鲜红的手帕捂住脸，紧紧咬住帕子一角，半晌没说话。屋子里安安静静的，只有酒的味道香香的，还有蚊子的声音越来越响。

就这么过去了半个时辰，阿力再抬起头时，虽还挂着伤心的泪痕，却也露出凄然的笑容。"我就是这种穷人的女儿，精神狂乱是家族遗传，时不时就会发作一下。今夜让您听了这么多奇怪的事情，给您带来困扰了吧。喀，就到此为止吧。请原谅我的失礼，叫几个人过来把气氛活跃起来！"

"没有，你别太担心了。你父亲是不是过世得很早？"

"嗯，在我母亲被肺结核折磨死后的第二年，他也随我母亲走了。要是活到现在也快五十岁了。不是我自夸，父亲也是个出名的匠人。但就算他再出名，手艺再棒又有什么用呢？像我这种家庭出身的人还能祈求什么呢？我没什么盼头了。"阿力不胜悲戚。

"你渴望出人头地吧？"结城忽然发问。

"嗯？什么？"阿力被问住了，"我哪里指望出人头地啊，哪敢期盼麻雀变凤凰啊，至于嫁入豪门更是连想都不敢想。"

"撒谎也要看对象吧，你一开始就瞒着自己的心事，岂不是太傻气了吗？遮遮掩掩的也没意思，痛痛快快地说出来吧。"

"嘿，你别在一旁教唆我了，反正已经这样了。"阿力不再说话。

夜色深沉，楼下的人渐渐走光，不时听到大街上关门的声音，结城回过神来，准备回去。

阿力咕哝着："今晚无论如何你也要留下来。"她还偷偷地把木屐给藏了起来。

结城被困住了，他又不是幽灵，不能从门缝里飘过去，结果不得不留宿在这里。"吱呀吱呀"一阵插门上锁的动静过后，后门里透过的灯烛光影也慢慢黯淡，街道上只剩下巡警响亮的皮鞋声。

第七回

"总想这些东西到底有什么意义？彻底忘记，彻底死心吧。"源七这样思忖着。

但去年的盂兰盆节，两个人穿着同款浴衣，一同去藏前①参拜的情景又浮现在心里。

今日又是盂兰盆节，他却提不起半点精神。

"你总这样可不成啊。"老婆在一旁絮絮叨叨地规劝他。

"好了，你住嘴！"

"我要是不说你的话这日子可过不成啊，你要是病了就吃药，再不然就去看看大夫。我知道你的病不在身体，要是你能转变观念病也会好的。快清醒清醒，好好努力吧！"

---

① 藏前是东京都台东区的地名。

"总是唠唠叨叨，耳朵都要听出茧子了。快去给我打点儿酒，我要喝个痛快，一醉解千愁！"

"他爹呀，要是有钱买酒的话，我是不会让不愿意干活的人去赚钱的。我没日没夜地干活只能挣十五钱，到头来咱们一家三口连口热汤也喝不上，还说什么让我给你打酒，你可真行。盂兰盆节到了，昨天却连个白玉团子都没让孩子吃上，也没能给祖先摆上贡品，只好点了一盏灯赔罪。你以为这是谁造的孽啊？你真是愚蠢到家了，说白了，还不是受那个阿力蛊惑。说出来不好听，但你真是愧对父母妻儿，要是能稍微为孩子考虑一下，就堂堂正正做人吧。喝酒消愁只是一时之快，希望你能洗心革面，不然我是不能安心的。"

老婆唉声叹气，源七却一言不发，他不时吁一口气，抬着头一动不动思量着自己的愁苦，就算沦落到这个地步，也还是忘不了阿力。

"我跟了你十年啊，还给你生了儿子，你却让我受尽了磨难，孩子整天穿得破破烂烂不说，一家人挤在只有六铺席大小的狗窝里，所有人都看不起咱们，都像对待怪物一样对待咱们。尤其是春分秋分的时候，四邻八舍都互赠米糕和小豆年糕。但一到咱家，别人家都绕过去，说还是别去给源七家送了，要不然他们还得回礼。也许人家是心善才这么说，可是在这十家连檐房里只有咱们家不一样。你是男的总在外面，不会记挂这些琐事，我一个女人也没有消愁解闷的办法，只觉得特别难过，特别丢脸。就连早晚寒暄也要察言观色，你说这都是什么事啊。你却从来不替我想，满脑子都是你那情人，人家对你无情无义，你却牵肠挂肚，一天到晚自说自话。老婆孩子一概不闻不问，想要把命都送给阿力吗？可悲、可恨、可叹！"

阿初气得说不出话来，满眼都是怨恨的泪光。

屋子里没有任何声音，显得格外冷寂。天色黑下来，破败的里屋更加阴暗。要点蚊香了，阿初小心地瞅了瞅门外。这时太吉兴冲冲地回来了，两手抱着一个袋子。

"娘，娘，我给你带东西了！"

太吉笑嘻嘻地跑进家门，怀里是大街上新开的日出蛋糕房的点心。

"哟，这么好的点心是谁给你的？你有没有好好谢谢人家？"母亲问他。

"嗯，我认真道谢过才要的。这是菊井屋的白鬼姐姐给我的。"太吉天真无邪。

母亲的脸色马上变了。

"她的胆子也太大了吧，把我们一家推进深渊还觉得不够吗？现在想让他爹回心转意，又开始在孩子身上动歪心思，她说了什么没有？"

"大街上好热闹啊，人很多，我正在那里玩，她跟一个叔叔走过来，说要给我买点心吃，我跟她说不要，但她就把我抱过去给我买了，我不能吃吗？"

太吉揣测着母亲的心思，观察着母亲的脸色，犹犹豫豫的。

"虽说你还小，但是你也该懂事了啊。那个姐姐不就是鬼吗？就是把你爹变成懒蛋的鬼呀。你没有衣服穿，没有地方住，全都是这个鬼造成的啊！她是个千刀万剐都不解恨的恶魔！你竟然还问我能不能吃她给的点心，真让娘寒心。这么恶心这么肮脏的东西，放到家里我就生气，快点给我扔出去，扔出去，你不愿意扔吗？浑蛋！"

阿初大声斥责着，拿起蛋糕袋子啪地扔到外面。点心从破开的纸袋里面滚了出来，越过完墙的竹篱笆，滚落到水沟里。

源七蓦地起身，大喊："阿初，你要干什么？"

阿初头也没回，斜着眼睛。

源七斜视着阿初的侧脸，道："你太过分了，以为别人都是傻子吗？我不说话倒好，你在那说坏话越说越来劲，人家知道那是我的孩子，就买了些点心，有什么不对的？孩子接过来又有什么错？你一个劲儿地骂太吉是浑蛋，是含沙射影吧？当着孩子的面诋毁他爹，这是妻子应该做的吗？谁教你的？阿力是小鬼的话，你就是魔王，窖姐儿说说谎话不是常事吗？身为别人的妻子就可以随便怄气吗？我虽然在工地上给人家拉大车，但丈夫有丈夫的权利，我不会把不喜欢的东西留在家里，你爱去哪里去哪里吧，滚吧，不识好歹的臭娘们！"源七大声呵斥着阿初。

"这就是你的不对了，你想多了，我怎么就影射你了？这个孩子就是太不懂事了，我又讨厌阿力的行为，才多说了几句。你骂我，让我滚蛋，是不是太过分了？我也是为了咱们这个家好，才说了几句不中听的话。如果我真想离开这个家的话，怎么会受这么多苦呢？"阿初哭哭啼啼地辩解。

"要是你过腻了苦日子，那你就走吧。你爱去哪儿去哪儿吧。这个家里没有你，我也不会去当乞丐，太吉也不会没有歇脚的去处，成天到晚不是挖苦我就是忌妒阿力，天天唠叨我真他妈听烦了！你要是不走那我走，都一样，这个破房子也没人稀罕，我带着小鬼离开，等我走了你随便说什么都没事。怎么样，是你走，还是我走？"源七凶巴巴地说。

"你是真心想休妻吗？"

"你自己知道。"今天的源七，跟以往判若两人。

阿初心里又气又恼又无奈，连话也说不出来，她忍住汹涌的泪水，说：

"刚才是我不对，你原谅我吧。把阿力的一片心意扔出去，的确是我做错了。是的，阿力要是小鬼的话，那么我就是大魔鬼。我以后不再说这种话了，绝不再说了。我发誓，从今往后绝对不会再提任何有关阿力的事情，不在背地里念叨别人了，希望你能原谅我，不要休了我。不是我为自己辩解，你知道的，我没有亲人没有兄弟，我是由管家老伯做媒才从乡下嫁过来的。要是被休了我就真的无处可去了啊，请您千万要让我留下来啊。就算你讨厌我也看在孩子的分上吧，对不起了。"

阿力双手作揖哭着求他。

"不，我绝不要你！"说完之后源七就面对着墙壁，再也不听阿初的恳求。

他不是这么刻薄的人啊，阿初感到非常震惊。果然被女人勾了魂魄就会变得这般无情，别说让自己老婆难过了，也许最后还会让可怜的孩子饿死街头。我现在算是明白了，再怎么道歉也是于事无补。

"太吉太吉，"她把太吉从一边叫过来，"你是喜欢爹爹，还是喜欢娘亲呢？说说看。"

"我讨厌爹爹，他从来不给我买东西。"太吉童言无忌。

"那么要是娘去哪儿你也会跟着一起去吗？"

"嗯，我跟你一起走。"太吉不假思索地回答。

"你听到了吗？太吉要跟着我，他是个男孩子，你想留在身边吧？但是我不会让给你的。无论去哪我都会带着他。怎么样？我要带走太吉。"

"随你便，孩子什么啊我都不要，你想带走的话就带走。房子、家具我也不要，你愿意拿什么就拿什么。"

源七躺在铺席上一动不动，头也不回地说。

"这哪里还有什么家具啊，明知道什么都没有还说大话。从现在开始你就痛痛快快一个人尽情地吃喝玩乐吧，不管你多么想念儿子我都不会再理你的。我不会还给你的，听到了吗？"

阿初再三强调后，从壁橱拿出一个小包袱。"这是孩子睡觉穿的夹衣，还有围裙和腰带，我只要这些，你刚才说的并不是酒话，不用等你清醒了再去醒悟，所以我现在请你再考虑一下，俗话说，不管日子多么贫苦，只要爹娘都在，孩子就是大财主。要是爹娘分开就是单亲家庭，不管是缺爹还是少娘，受苦可怜的都是孩子。唉，算了，怎么能指望狠心的人来疼爱孩子呢？那么永别了。"

说完，阿初就背起小包袱走向大街。

"快滚快滚——"只听见源七的呵斥声。

第八回

　　祭典后没过几天，夜晚的灯笼还闪着幽幽的光。从新开街里抬出两具棺木，一个用车拉着，一个用轿子抬着，轿子上的是从菊井屋里悄悄抬走的。路边的人窃窃私语："那姑娘真是倒霉啊，竟然被那种人喜欢上。"

　　"不对，听说是两情相悦。"

　　那天傍晚，听说有人亲眼看见两人在寺院的后山上站着说话。"女的也喜欢过那男的呢，这是两人共同的决定吧。"

　　"像那种妓女懂什么人情义理啊？可能是她在洗澡回来的路上遇见了男的，不好意思掉头就走，所以便一块走着说说话，结果从背后被砍了。脸颊上也有刮伤，脖子上也有扎伤，身上到处都是伤痕，看样子的确是想要逃跑的。杀人之后那男的却来了个磊落的剖腹，从前他卖被子的时候，我还觉得他挺没出息，没想到却光荣赴死。也真是了不起啊！"大家众说纷纭。

"不过这回菊井屋可是损失惨重啊，那姑娘应该已经找到了金龟婿，这回不得不放走啦，真是可惜呢！"有人幸灾乐祸。

此恨绵绵。莫非是亡者的魂灵吗？拖曳着长长的光芒，掠过那个叫寺院山的小土丘。据说有人亲眼见过。

樋口一叶年谱

1872 年（明治五年） 出生

五月二日出生于东京府第二大区一小区内幸町二丁目（现东京都千代田区）一番的下层官吏之家。父亲名樋口则义，母亲名多喜，是家中次女，本名夏子或奈津。父亲原是山梨县的一名农民，安政四年离开故里，明治维新后来到东京府就职。樋口一叶此时已有一个姐姐和两个哥哥，之后父母又生下妹妹邦子。八月，举家搬迁至第五大区四小区下谷（现台东区）。

1873 年（明治六年） 一岁

父亲兼任东京府权中属①的教部省权大讲义。

1874 年（明治七年） 两岁

二月，搬家到第二大区六小区麻布（现港区）三河台町五番。

---

① 日本明治初期官职名称。

九月，父亲成为士族。

1876 年（明治九年） 四岁

四月，搬迁到第四大区七小区（现文京区）本乡六丁目五番地。

十二月，父亲于东京府权中属退职。

1877 年（明治十年） 五岁

三月，进入本乡学校上学；月末，因母亲反对被迫退学。十二月，父亲受雇于警视厅，此时，一叶进入本乡町四丁目的私立吉川学校学习。

1878 年（明治十一年） 六岁

六月，一叶来到吉川学校下等小学第八级[①]进修，七年级退学。其间在此学习草双纸。

1880 年（明治十三年） 八岁

一叶跟友人松永政爱的夫人学习裁缝。

---

① 明治五年规定小学八年制，第八级相当于中国的小学一年级。

1881 年（明治十四年） 九岁

三月，父亲正式就职于警视厅。七月，搬家到下谷区御徒町三丁目三三番地。一一月，转入私立青海学校。

1883 年（明治十六年） 十一岁

十二月，一叶以青海学校小学高等科第四级第一名的优异成绩毕业，没有继续下一阶段学习，然后退学。

1884 年（明治十七年） 十二岁

从一月开始的短时间内，司京桥区新凑町的和田重雄以通信方式学习和歌。十月，全家搬到下谷区上野西黑门町二十番地居住。

1885 年（明治十八年） 十三岁

在松永政爱家遇到十八岁的涩谷三郎，二人开始了长达五年的交往。涩谷在东京专门学校攻读法律。

1886 年（明治十九年） 十四岁

八月，在父亲的旧识远田澄庵的介绍下到中岛歌子的歌塾获之舍中学习和歌。获之舍立于小石川安藤坂，虽是民间歌塾，但汇集了很多名门闺秀，如乙骨牧子、田边花圃、伊东夏子等。

1887 年（明治二十年） 十五岁

一月，开始书写最初的日记《旧衣》。六月，父亲从警视厅退职，长兄泉太郎没有实现去关西赴任的愿望而回到东京，在大藏省出纳局配赋课谋得一个职位。十二月，泉太郎因肺结核不幸病殁。

1888 年（明治二十一年） 十六岁

二月，一叶正式成为樋口家的户主。五月，又搬到芝区高轮北町十九番地。父亲变卖居所，倾尽家财，在私交甚好的松冈德善资助下投资运输承包生意。九月，再次搬家到神田区表神保町二番地，父亲在神田锦町拥有一家事务所。

1889 年（明治二十二年） 十七岁

三月，父亲经商失败，举家搬迁至神田淡路町。七月，父亲病故，父亲生前曾希冀涩谷三郎同女儿完婚，以此照料妻儿的日后生活。九月，一叶带母亲、妹妹投靠位于芝区西应寺町六十番地的虎之助。涩谷得知樋口家破产的消息后，单方面悔婚。

1890 年（明治二十三年） 十八岁

一月，母亲同虎之助的关系恶化，矛盾无法调和，中岛歌子知晓情况后从五月开始，将樋口一叶接入歌塾居住，并请其担任女校的老师来负担母女三人的生计。九月，又借住于义兄长十郎邻近的本乡区菊坂町七十番地，一叶一家靠针织缝纫和浆洗衣物维持生计。

1891 年（明治二十四年） 十九岁

一月，荻之舍的学姐田边花圃凭借作品《数之莺》作为新晋女流作家崭露头角，樋口一叶受此启发立志以文养家，开始执笔写作《一株枯萎的芒草》。四月，经妹妹邦子的友人野野宫菊子介绍结识了《朝日新闻》的记者半井桃水，桃水收一叶为徒并指导其写作。桃水当时三十二岁，妻子去世后一直独身，照顾自己的弟弟妹妹。

1892 年（明治二十五年） 二十岁

三月，桃水的友人和弟子创办了同人杂志《武藏野》，一叶在其主持的杂志上发表了处女作《暗樱》，自己的文字第一次印成铅字。四月，发表《玉举》。五月，又搬到西邻的菊坂町六九番地。六月，一叶同桃水的绯闻在荻之舍愈演愈烈，迫于世俗压力，一叶忍痛与半井断绝师徒关系，但桃水依然在金钱上资助一叶。七月，在《武藏野》发表《五月雨》。八月，在坪内逍遥、高田早苗的介绍下，在新潟三条町区裁判所担任检察官的涩谷三郎突然来访，表示愿意同一叶完婚。十月，《经案》在甲府的《甲阳新报》上连载。十一月，《埋没》开始在一流文学杂志《都之花》上连载，十二月完结。十二月，在桃水的资助下，在单行本《胡砂风吹》上发表一首和歌。

1893年（明治二十六年）　二十一岁

二月，在《都之花》上连载《晓月夜》。三月，《雪天》刊载在北村透谷、岛崎藤村等人创办的《文学界》，《文学界》的同人平田秃木来访。七月，一叶一家因生计所迫，搬到下谷龙泉寺町三六八番地的一家三户连檐房中，俗称大音寺前（现东京都下谷区），毗邻吉原的游廓花街。八月，开了一间售卖粗点心和针线玩具的杂货铺。十二月，《琴音》刊登在《文学界》。

1894年（明治二十七年）　二十二岁

二月，开始同占卜师兼投资商佐贺义孝周旋，此时在《文学界》发表作品《隐身花丛中》。三月，一叶向佐贺义孝提出了物质资助，想借一笔钱作为本金，佐贺义孝为与一叶幽会，欲借钱给一叶。他露骨地要求收一叶为妾，遭一叶愤慨地回绝。在平田秃木的带领下拜访了马场孤蝶，二人成为知己。四月《花笼》在《文学界》发表。五月，搬家本乡区丸山福山町四番地，成为荻之舍的一名助教，从友人处借钱，并与佐贺义孝维持着艰难的交往。七月，在《文学界》发表《暗夜》，十一月完结。八月，岛屿藤村初次访问一叶。十二月，《大年夜》在文学界发表。

1895 年（明治二十八年） 二十三岁

一月，《青梅竹马》在《文学界》开始连载，翌年一月完结。三月，从砚友社的作家大乔乙羽的信件中投稿给《文艺俱乐部》。四月，《檐前月》发表于《每日读卖》。五月，《行云》发表于《太阳》，上田敏、川上眉山初次探访一叶。六月，修补旧作《经案》发表于《文艺俱乐部》。八月《空蝉》发表于《读卖新闻》，每月附上随笔《雨夜》《月夜》；《浊流》发表于《文艺俱乐部》，在当时掀起了一股"一叶风潮"。十月，《大雁》《虫音》发表于《读卖新闻》。十二月，《十三夜》和修改后的旧作《暗夜》发表于《文艺俱乐部》。在这被和田芳惠称为"奇迹的十四月"里，一叶留下了多篇深刻反映社会真实场景的优秀作品，轰动当时的日本文坛。

1896 年（明治二十九年） 二十四岁

一月，《吾子》发表于《日本乃家庭》①，《岔路》发表于《国民之友》。二月，《里紫》发表于《新文坛》。四月，《青梅竹马》于《文艺俱乐部》发表在《清醒草》的"三人冗语"合评中，得到森鸥外、幸田露伴和斋藤绿雨的强烈赞赏，一叶因此被赋予"真正的诗人"称号。此时一叶的肺结核已严重恶化。五月，《通俗书简文》通过博文馆发行，《自焚》由《文艺俱乐部》发表。绿雨初次访问一叶。七月，三木竹二同幸田露伴来访，将随笔《杜鹃》发表于《文艺俱乐部》。八月，身患重病的一叶无法继续写作，将旧作和歌八首发表于《智德会杂志》。山龙堂病院长的亲自诊断后，宣告令人绝望的消息。秋季，斋藤绿雨和森鸥外商议，邀请青山胤通前来诊断，一叶此时已危在旦夕。

十一月，前往彦根中学赴任的马场孤蝶来到病榻前探视。二十三日午前，一叶因奔马肺结核②过世，死时年仅二十四岁。二十四日，斋藤绿雨、川上眉山、户川秋骨守夜；二十五日，冷清的葬礼在妹妹的主持下举行，仅有十余名亲友参加。樋口一叶埋葬于筑地本愿寺境内的樋口家墓地，残存下未完的日记、随想以及四千余首和歌。

---

① 《日本乃家庭》是由日本乃家庭社出版的杂志。
② 一种恶化极快的肺结核。